樂府

心里滿了，就从口中溢出

寂寞 呀

西条八十童谣全集

[日]西条八十 著
美空 译
小满 绘

北京联合出版公司
Beijing United Publishing Co.,Ltd.

目录

思慕与追忆

笔头菜	2
敞篷马车	4
山的母亲	6
老港口	9
回忆	11
捉迷藏	12
春日	15
快艇	17

未知的世界

点心做的家	20
魔术	22
小矮人的地狱	24
巨大的帽子	26
大象与芥子偶人	28
理发店小伙计的歌	31
白色的小艇	33

四个故事

玻璃山　　　　36
九个黑鬼　　　39
雪夜故事　　　40
岛上一日　　　42

鸟之歌

金丝雀　　　　　47
黄昏　　　　　　49
乌鸦的信　　　　50
燕子大叔　　　　53
电线杆的帽子　　54
雪夜　　　　　　56
老鹰摇摇晃晃　　58
云雀　　　　　　60
燕子归去　　　　62
燕子与钟　　　　63
鸟与人　　　　　64

兽之歌

村里的英雄　68
象　70
月亮和猫　73
羊　74
狗与云　76

虫之歌

蝴蝶　80
蟋蟀的歌　82
蝈蝈　84
湖边事件　86
蜗牛的歌　88
蟋蟀　91
蚂蚁　92
春天的傍晚　94

歌

冬日早晨的歌　99
小路　100
海山小曲　103
傍晚的歌　104

花与草木

玫瑰　109
巨大的百合花　110
脚掌　113
蒲公英　114
樱花　117
李子的梦　118
向日葵　120
葱花球　123
落叶　124

孩子的生活

土岗上	128
纸牌	131
抓药	132
丢掉草鞋	135
剩下的焰火	136
受伤	139
无人的玩具店	140
葫芦花	143
电影	144
走马灯	147
争山头	148
坡道	150
玩具船	152

我的家人

妈妈的眼睛	156
络腮胡	158
奶奶与鹳	160
雨夜	162

捶肩	164
海边	166
阿姐	168

陌生人

邻居	172
哭痣	175
船夫的孩子	177
牧场的姑娘	178
红色的猎装	180
善爬树的太右卫门	182

天与地

月亮	186
夏天的雨	188
雪的信	190
焰火	192
白天的月亮	194
星星和草莓	197

河边的黄昏	198
清书	200
秋风	202
水洼	204
时雨	206
稻草人与海	208

玩具、家具和食物

蜡人娃娃	212
铅兵	214
儿童椅	216
古银币	219
梦里的偶人娃娃	220
寂寞的旅人	222
表针父子	224
偶人的腿	226
铅笔芯	228
雨夹雪的夜	230
明信片	232
麦秸草帽	234

漂来的椅子	237
钟表店的钟	238
丢失的铅笔	240
大球小球	242
亲亲密密	245
盘中的祭祀节	246
点心火车	248

谜语

谜语（一）	252
谜语（二）	254

温柔的歌

灰尘	258
来呀 来呀 来呀	260
帽子	262
回家路上	264
白天事件	266
写信	268

译诗集

孩子与老鼠	273
院中	274
云雀与金鱼	275
要是谁都不来娶我	276
进军之歌	277
歌	278
床做的船	279
玩具娃娃	280
风	281
樱桃	282
骑马的人	283
猪与烧炭人	284
风铃草	285
衰老的士兵	286
猎人	287
中国摇篮曲	288
天黑了	289

后记	291
译后记	297

思慕与追忆

所谓大人,仅仅是个儿长高了的孩子。

——德莱顿*

---

* 约翰·德莱顿(John Dryden,1631—1700),英国诗人、剧作家、文学批评家。著有长诗《奇异的年代》、剧作《一切为了爱情》、讽刺诗《押沙龙和阿齐托菲尔》和文学评论《论戏剧诗》等。
(除特殊说明外,本书注释均为译注。)

笔头菜

被陌生人背着
旅道上　超到前面去的笔头菜

陌生人穿黑外套
脸已记不清　名字也不知道

是在哪里呀　哪个年代
月牙细细的春天的傍晚

今天我独自在孤岗
做梦一般想起

被陌生人背着
很久以前　那一天的笔头菜

笔头菜，木贼科多年生蕨类植物问荆的孢子茎，有一定的毒性，去毒处理后可食用。

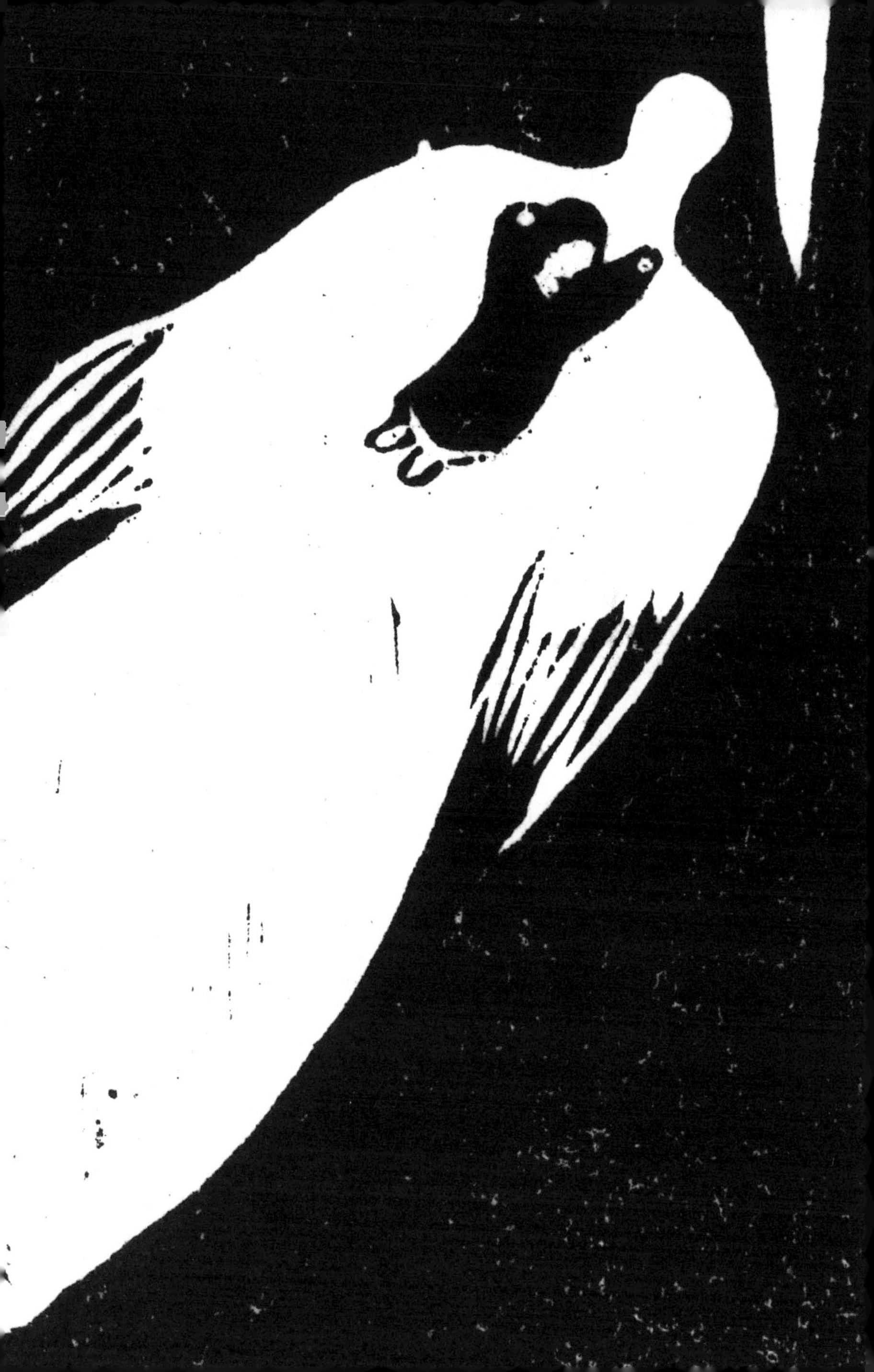

敞篷马车

大年夜的晚上
敞篷马车走过去

咖啡色的马
鬃毛齐刷刷

马背上没有客人
也不点灯

是来送今年的梦*的
马车吗

在下着雪子的十字路口
看去呀

浅紫色的
褥垫上
有蔫了的玫瑰
和戒指一枚

---

*今年的梦,即初梦,新年首次做的梦。日本有根据此梦占凶吉的习俗。

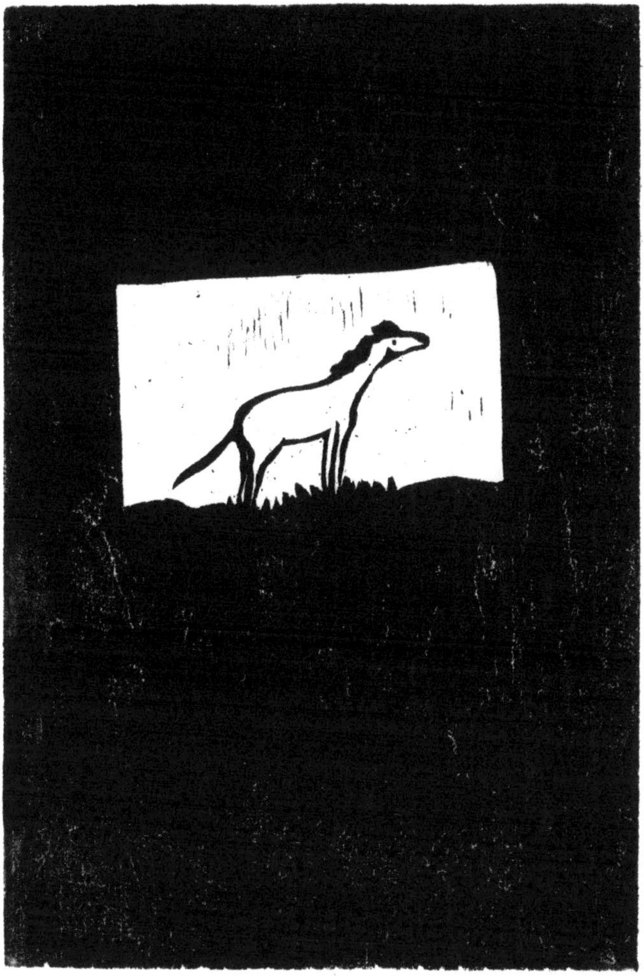

山的母亲

总做总做的梦
寂寞的梦
梦到有月亮的夜里
在山上

被蓝色的光
淋湿
我的母亲
只她一个人

草也不生的
岩山上
白的赤脚
多么惹人怜

我假装哭
可是她不作声
风摇着的呀
只有影子

总是从那寂寞的
梦里醒来
梦到有月亮的夜里
在山上

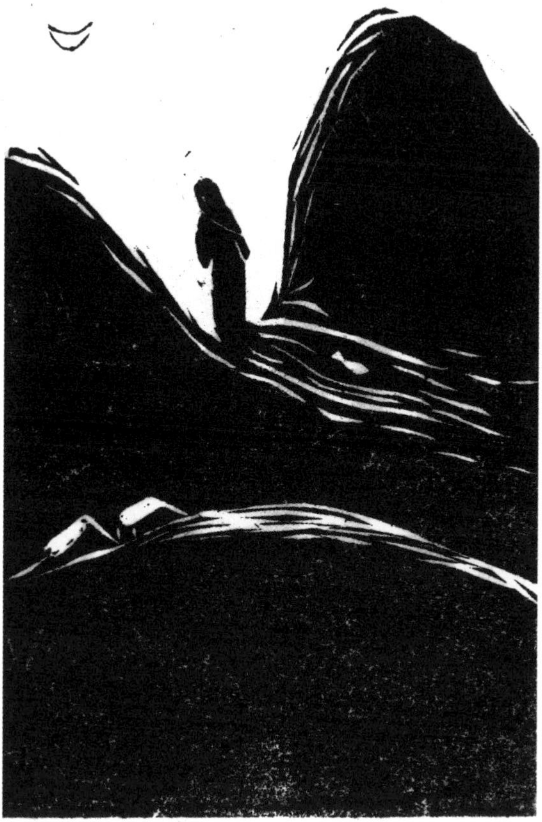

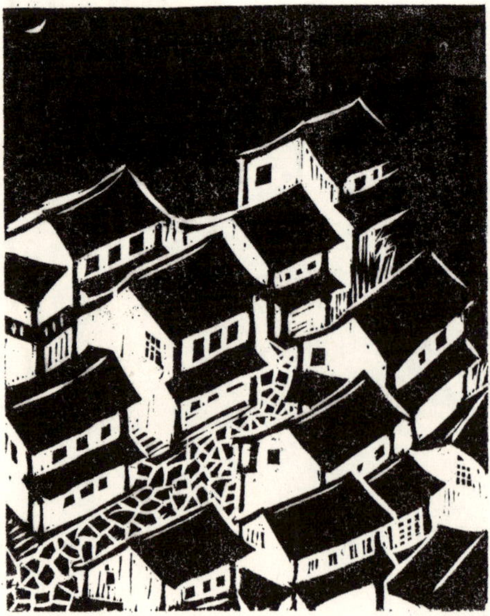

老港口

老港口
正午的港口
俺们把船泊好了

寂寞的港口
阴翳的港口
凌霄花儿正在开

把城中转遍呀
家家都在睡梦中
所以俺们　寂寞地离开了

老港口
睡着的港口
沙扬娜拉* 啊凌霄花

---

*沙扬娜拉，日语"再见"的音译。

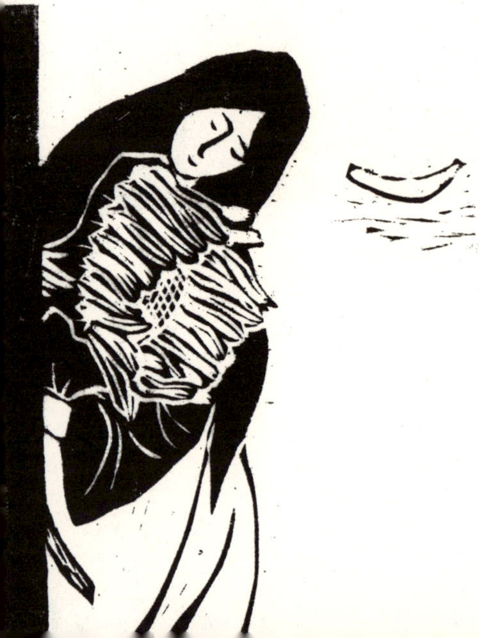

回 忆

拿着一轮向日葵的
女子

用温柔的声音
悄悄与我说话

在从七尾˙去伏木˙的渡船中
那十四岁的夏天的孤旅

分手后海上的白云
啊 忘不了的那眼睛

拿向日葵的
像极了母亲的女子

˙七尾,七尾市,位于日本石川县北部能登半岛东岸。
˙伏木,日本富山县高冈市北部地区,自古有伏木港。

捉迷藏

想起那时
捉迷藏

等啊等啊总也不来的那鬼
还要再等吗

从寂寞的杂物间的
窗格

偷偷往外看
内院的

柿子树上
有鹡鸰

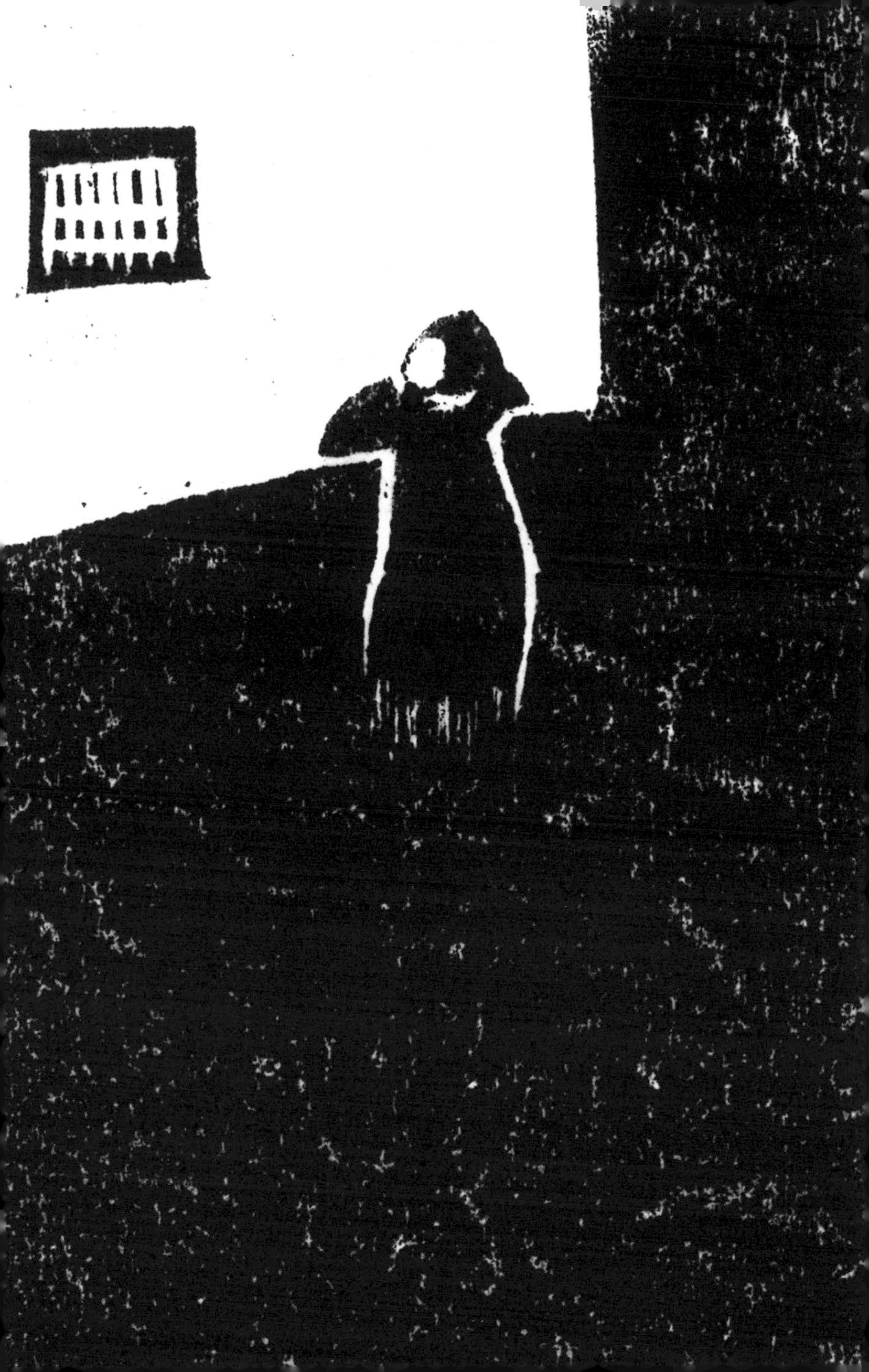

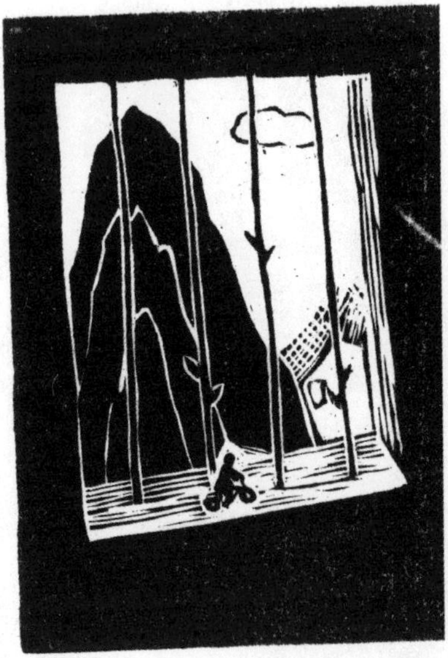

春 日

来了去　去了来
昨天这样今天也如此
行在山上空的
白的云

摇过来　又晃去
和从前一样
屋里的钟
它的锈了的钟摆

走过来　走过去
窗子下面
去浴佛节*的
马车和人

来了去　去了来
春日背阴的
亡母的房里
穿堂的小小的风

---

* 浴佛节，原文为"花の祭"，指每年的4月8日举行的庆祝释迦牟尼佛诞辰的佛教仪式，也叫"灌佛会"，在日本称"花の祭""花祭り"。

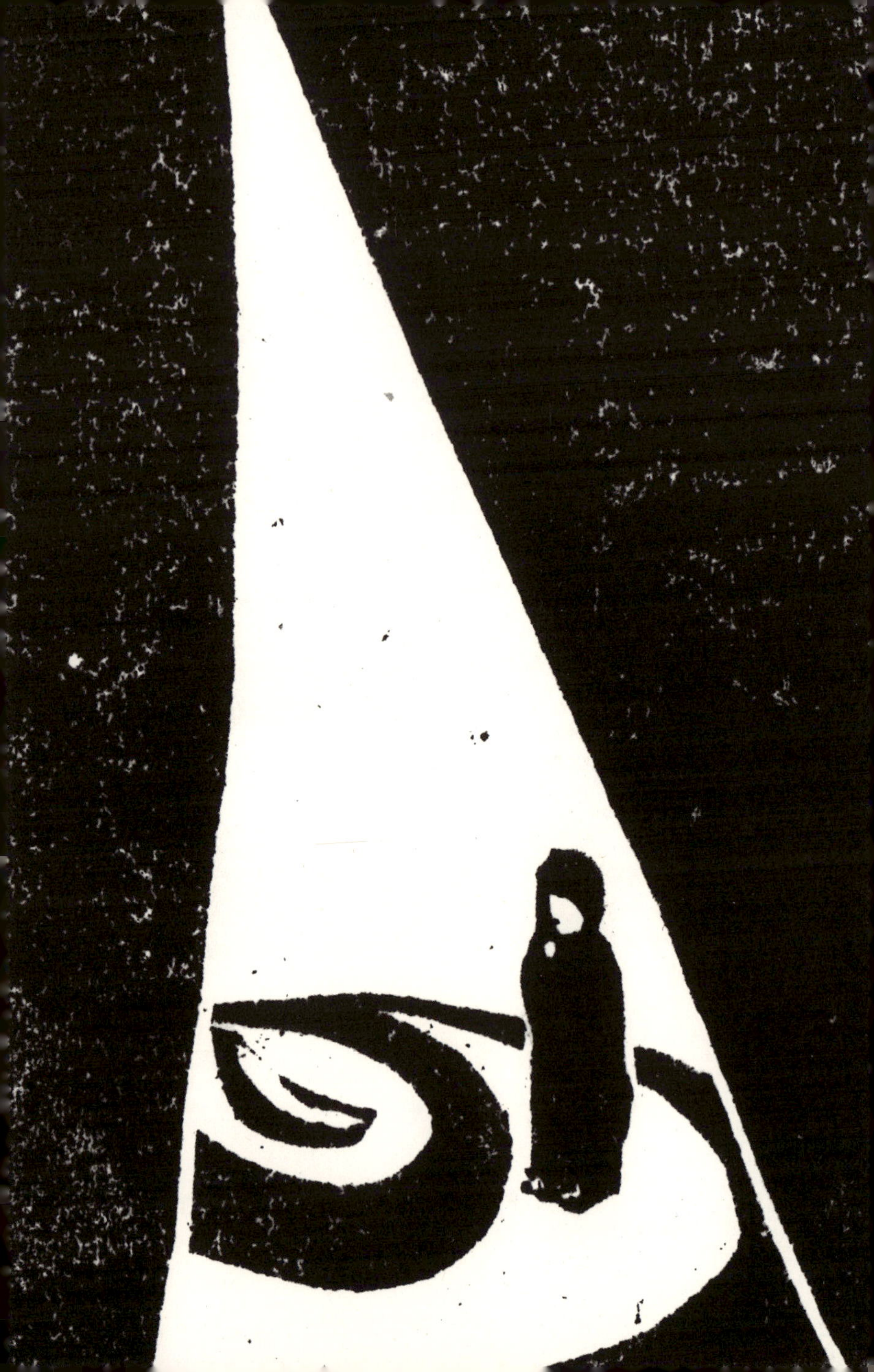

快艇

想念那夏日的
白色的快艇

踩水*到得近旁
那舷边美丽的

年方二十的姐姐
是给了我一枝　大大的百合来着吧

夕阳下船不见了
后来只剩下青绿的漩流

想起遥远的那一天
不知道主人的　白色的快艇

---

*踩水，爬泳，游泳法之一，从古代就有人开始使用，头始终露出水面，用左右手交替划水，把胳膊伸到水面上，用脚踩水。

未知的世界

儿童爱好并享受的,是向未知世界的远征。

——朗格*

---

* 安德鲁·朗格（Andrew Lang, 1844—1912），英国学者、文艺评论家、神话研究的先驱。

点心做的家

深山的沟谷里
有个漂亮的　点心做的家

门柱子是长条儿糖点心
屋顶的瓦是巧克力
左右的墙壁啊　是麦子面印糕·
踏脚石是饼干

厚厚的黄色的百叶门
是摁一下就碎的蛋糕
静静报响午时的
是金米糖·做的六角形的钟

虽然不知是谁的家
有月亮的夜里　我来了
门扉上残有
两行字
"能在这儿留宿的
仅限　没有了双亲的孩子"

·印糕,点心的一种,用糯米粉、黄豆粉加糖、水拌合后放入木模成型,取出后烘干而成。
·金米糖,糖果的一种,有若干小角的豆粒大的砂糖果。

魔 术

我想变那样的魔术

爸爸
和妈妈
姐姐的舞鞋
昨晚人家给的李子

灶上的黑猫
窗口看到的帆船
教堂的圆屋顶和
停在屋顶上的白鸽

所有这些都齐了
往上面罩一张蓝色的斗篷
天一亮呀 就变成火红的玫瑰

我想变那样的魔术

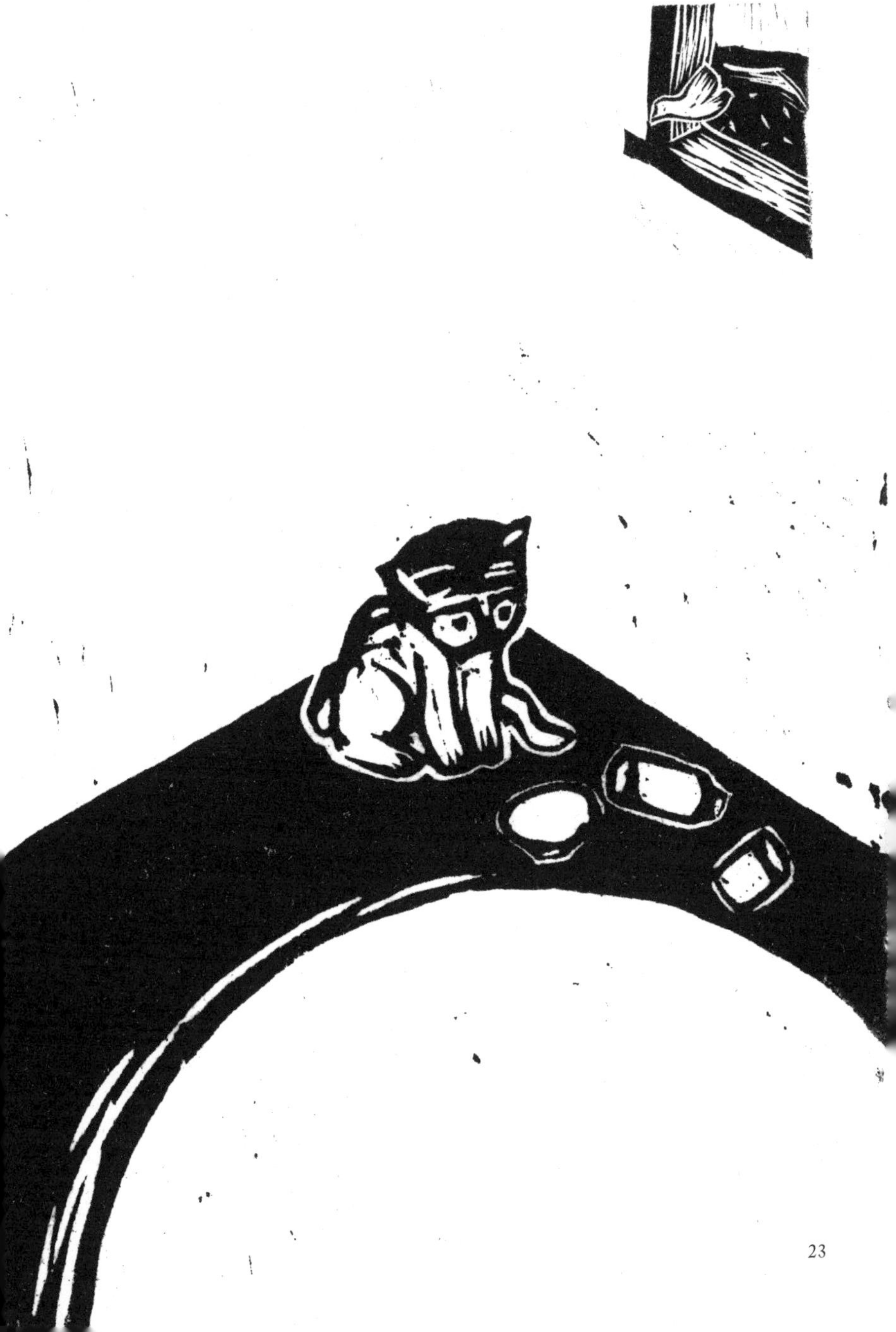

小矮人的地狱

"大地狱啊
小地狱"

开阔旱地的
正中间
小矮人抽抽搭搭地
在哭泣

为什么哭
这么一问呀
说火从脚下
起来啦

正晌午的
梯田上
一丝烟也没有的
碧蓝的天

把跳脚的小矮人
抱起来
往那脚跟的下面
仔细看

是鲜红鲜红的
豆子的花

可小矮人还是
哭得抽搭搭

"大地狱啊
小地狱"

巨大的帽子

很大很大的
麦秸草帽
被波浪推着推着
冲上了岸

沿帽檐儿一周
可以赛马哟
帽上缠绕的缎带
能用它啊支帐篷

城堡的王爷
带上兵
翻越那帽峰用了
七天整

是谁戴的帽子
又丢在了大海里

很大很大的
麦秸草帽

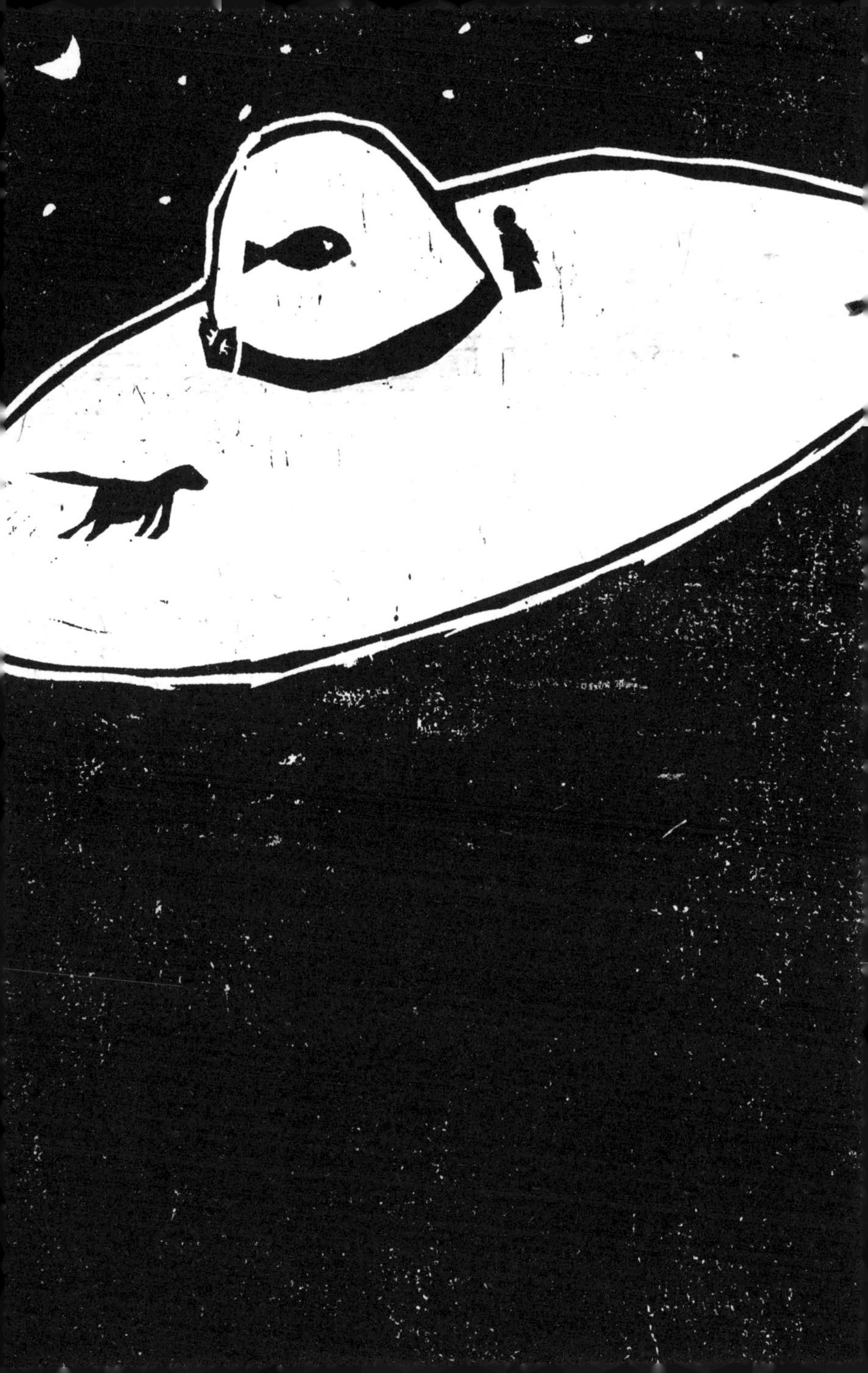

大象与芥子偶人*

很大的大象
十八头
芥子偶人
十八个

大象的背上呀
是黄金的鞍
芥子偶人挽着
鲜红的缰

曲儿闲呀
击节歌
沿着春日的海滨
在行进

这当儿
蓝天
不知不觉暗
冷不防啊急雨落

很大的大象
被淋湿透
尽管如此
也逃回了家

可是小小的偶人
落在了沙石间
找了七天
也没见

芥子偶人,意为微型偶人。日本江户时代流行的一种玩偶,
高约3厘米,以木雕或象牙雕制成。

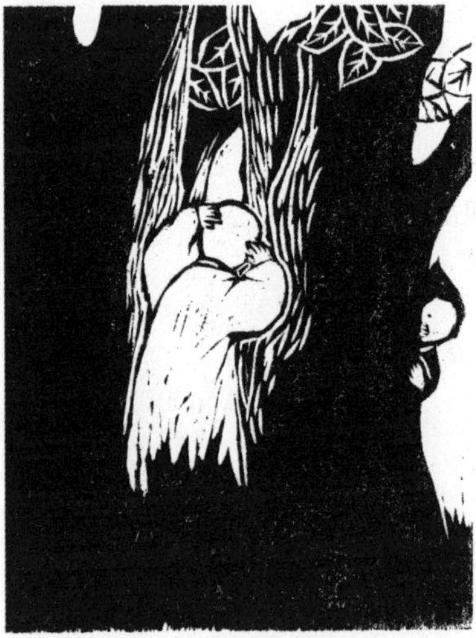

理发店小伙计的歌

今天也被早早叫起来
漆黑茂盛毛发的森林
银剪子啊一路剪
好像有谁在叫小伙计

偷眼看林子的暗处
不知何时 蹲着小红帽·
小人儿呀独自笑

看往哪儿跑 逃到哪儿都是
闪黑光的毛发林
银剪子啊一路追
时隐时现小红帽

镜子里映出吃一惊
持银剪的手停住了看呀
客人早成大秃瓢

·小红帽,此处指戴着小红帽的小矮人。

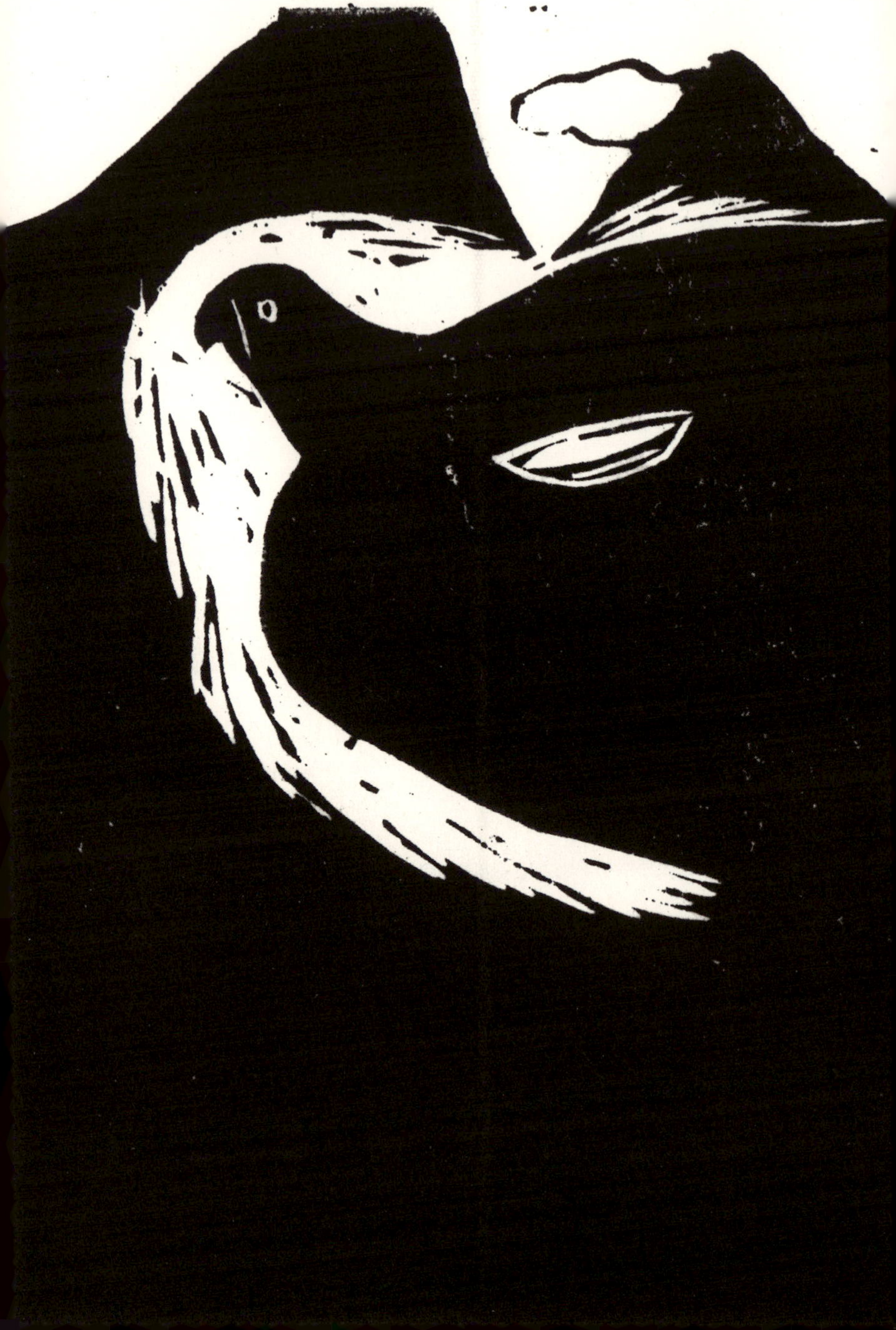

白色的小艇

白色的小艇
轻轻晃
靠在了
远远的沙汀

白色的小艇
装着
糖果 乳蛋布丁
和蛋糕

各色各样的
花点心
银纸包的
巧克力

船里面呀
空无一人

无人岛的
合欢树上

红色的鹦鹉
今天
还歪着脑袋
在呆望

四个故事

玻璃山

玻璃山的山顶上
有一座黄金的城

城堡的塔里
囚着公主

王子欲救公主
沿着山逡巡

玻璃山光溜溜
马蹄也打滑无数次

掉一截啊爬一步　十九年
王子的剑也已锈蚀

公主日日翘首
等不及啊殒了命

王子也不知不觉
老死在了山脚的村里

城堡里公主的遗骸
化成火红的玫瑰

埋葬王子的山脚
开出了蓝紫色的龙胆花

龙胆，龙胆科多年生草本植物，秋季开花，五裂，花蓝紫色。

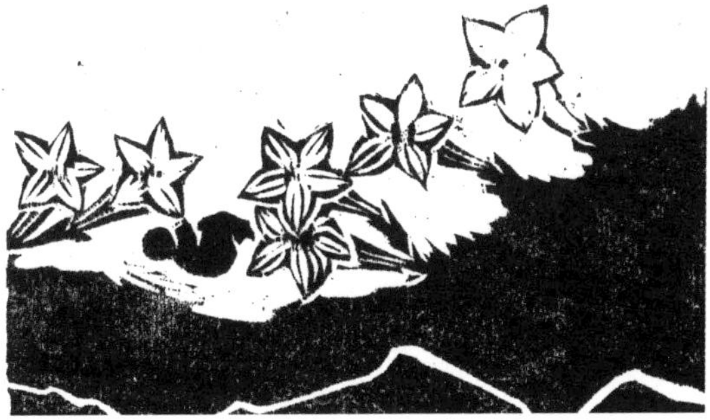

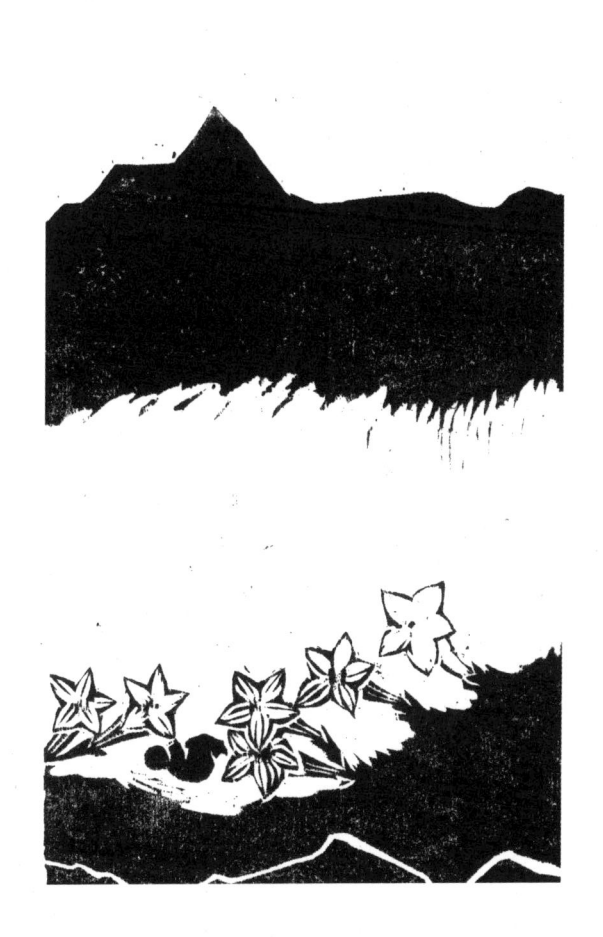

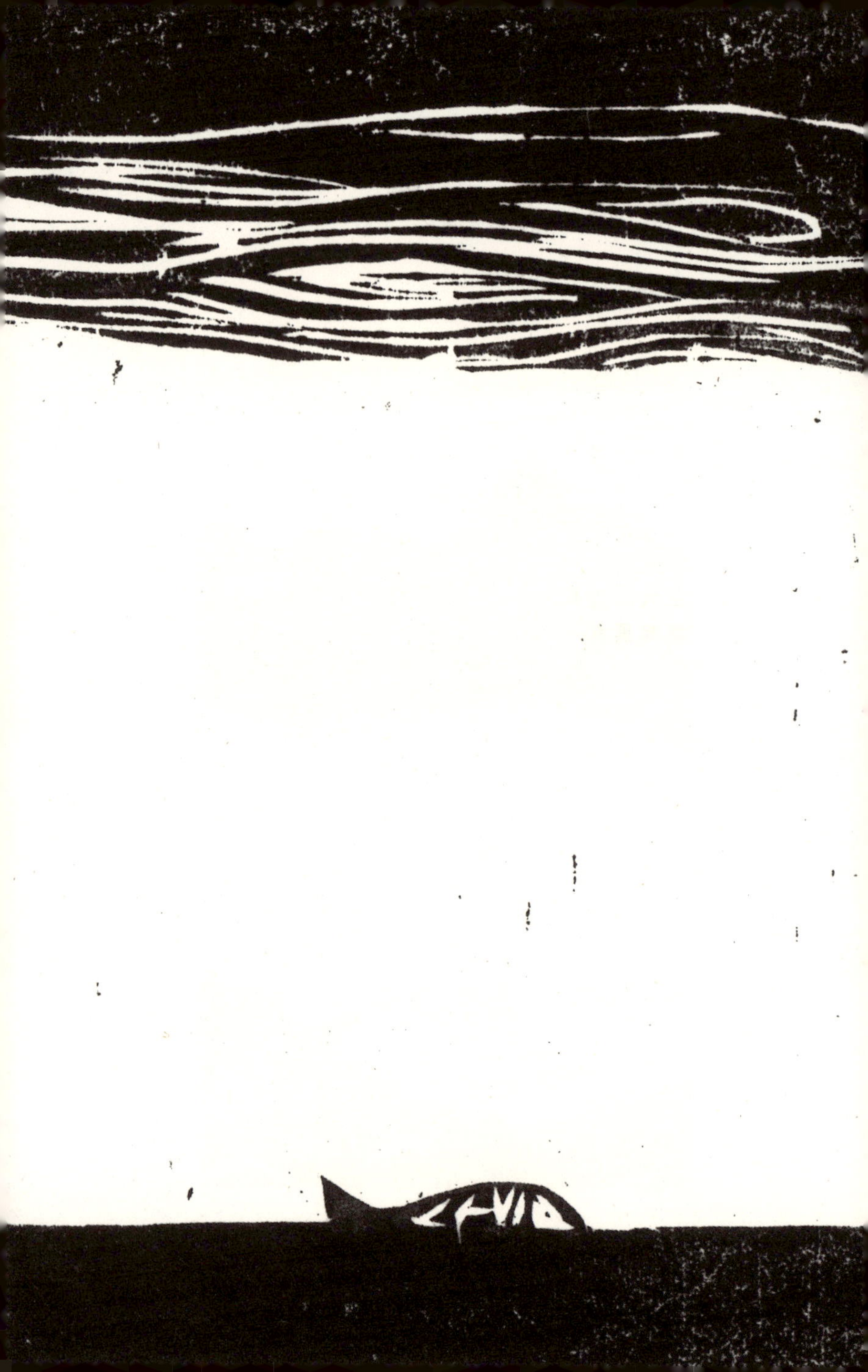

九个黑鬼

九个黑鬼
一溜儿排开
无人知道的　海边的事

巨大的秃鹰
从洋面飞来
风平浪静的　早上的事

巨大的秃鹰
抓起黑鬼
先四个　又抓五个

空中传来了哭声
海滩上呀
落着九片红头巾

九个黑鬼
齐齐消失
无人知晓的　很久很久以前的事

雪夜故事

雪花纷纷
落向夜晚的街头
有一对可怜的母子

"妈妈,我走不动了
饿得走不了
好想有哪怕半片面包呀"
男孩说

"哦 哦 你一定饿了
是想买点什么给你
可是钱花光了 住的地方也没有
好歹挨到天亮吧"
母亲和泪道

雪花纷纷
有月亮的晚上
异乡街头 夜更深了

母子二人互相搂着
紧裹在薄大衣里
进入冷梦中

翌晨,天空蔚蓝
雪已消融的路上

小城巡警　不经意捡起遗落的大衣
往里看呀
里面有两株
温柔开着花的水仙

雪花纷纷
母子俩离开世界
变成了花

岛上一日

背好了　背好了　噢
海盗们
从海上偷来的大包裹

真重呀　真重呀　噢
别摔倒了快登上
那无人知道的长着椰子树的岛

天亮了　天亮了　噢
堆满金币的山
岩石和沙地都闪着落日的光

喝酒啊　唱歌啊　噢
盛大的酒筵
胡子拉碴的男人一齐跳起舞

醒来了　醒来了　噢
岛山脚下
老鳄鱼从午睡的梦里睁开眼

往那边去呀　啊
向那盛大的筵席
伸进去它的大脑袋

逃呀　逃呀　噢

惊得魂飞魄也散
连人带包裹扑通掉进海

爬呀　爬呀　噢
今夜月亮
还爬在无人岛的　椰子树荫下

鸟之歌

来和我玩呀,没有母亲的雀。

—— 一茶

小林一茶(1763—1827),日本江户后期俳人,著有俳句集《我春集》、手记《父亲的寿终日记》、俳句日记《七番日记》等。

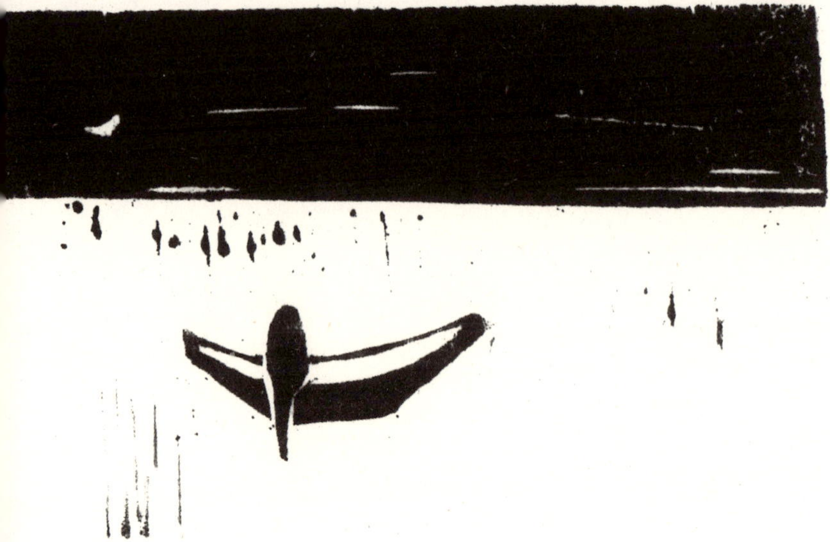

金丝雀

忘记了歌的金丝雀　把它弃去后山吗
不　不　那样可不行

忘记了歌的金丝雀　埋去屋后的竹丛吗
不　不　那样可不行

忘记了歌的金丝雀　用柳条的鞭子抽它吗
不　不　那样多可怜

忘记了歌的金丝雀
若给它象牙的船　银做的浆
让船浮在月夜的海面上
忘了的歌　就会重新想起来

黄昏

忘了歌的
金丝雀
被用红色的木屐带
团团绑着
丢在了沙滩上

好可怜呀
妹妹
含着眼泪
帮它解

夕颜花˙颜色的
指尖上
闪过
短短的　海上的夕照

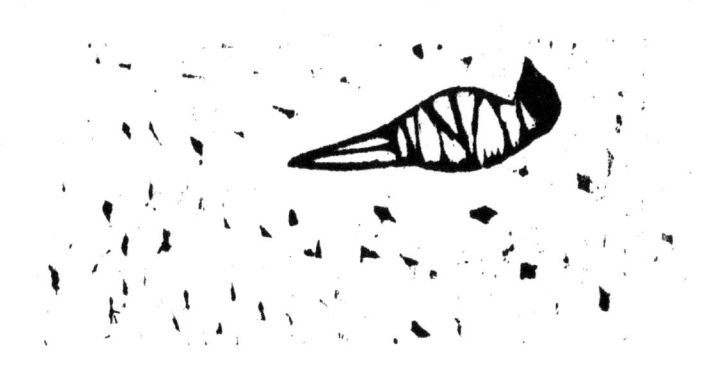

˙夕颜花，原意为夜间开花，早晨凋谢，为瓠子花或葫芦花，花白色。

乌鸦的信

山里的乌鸦
带来一封
红色的
小小的信

打开看
"有月亮的晚上
山会燃烧
变成琥珀"

想写回信
刚一睁眼呀
落下来　不知什么树的
红叶一片

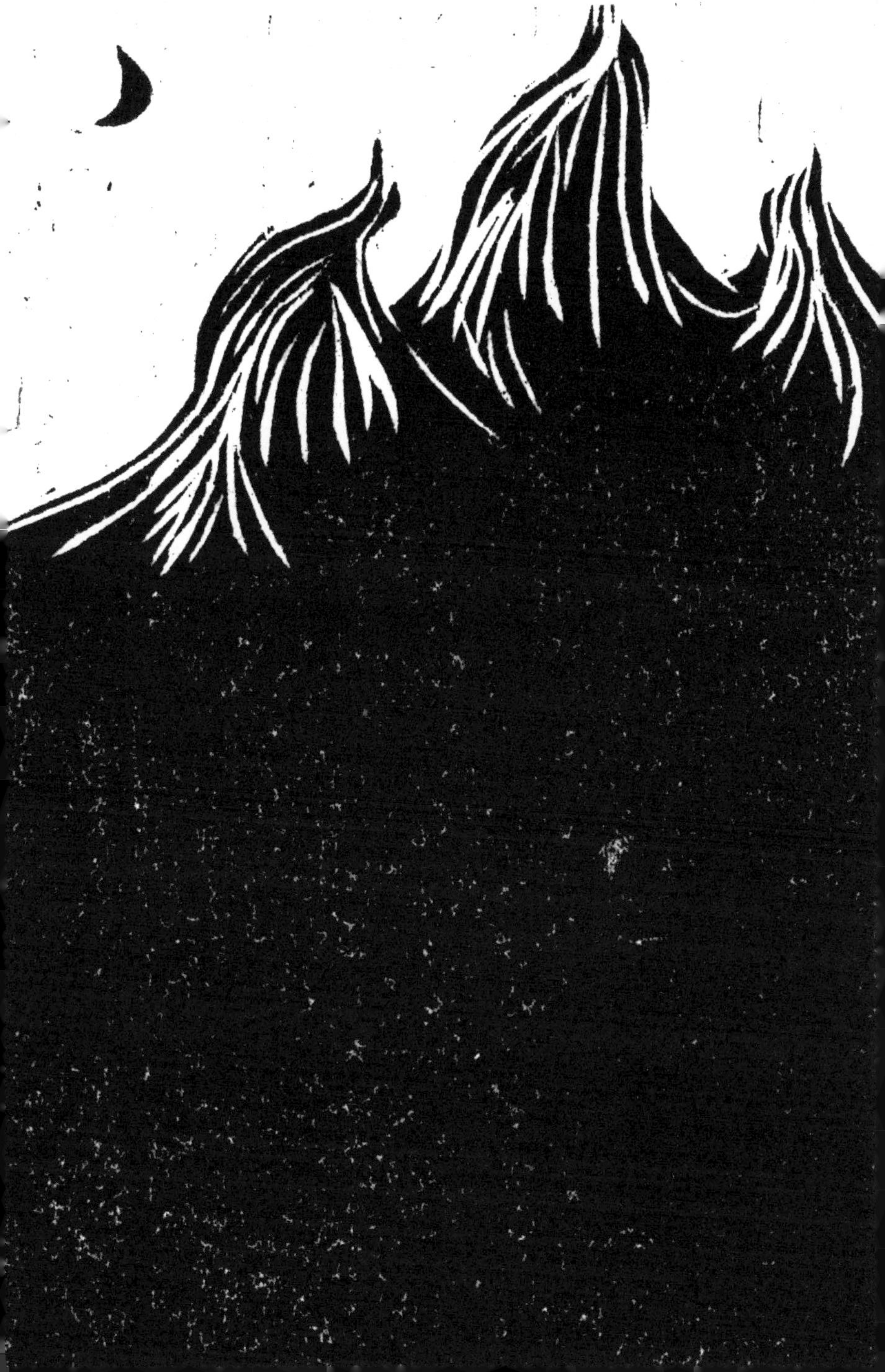

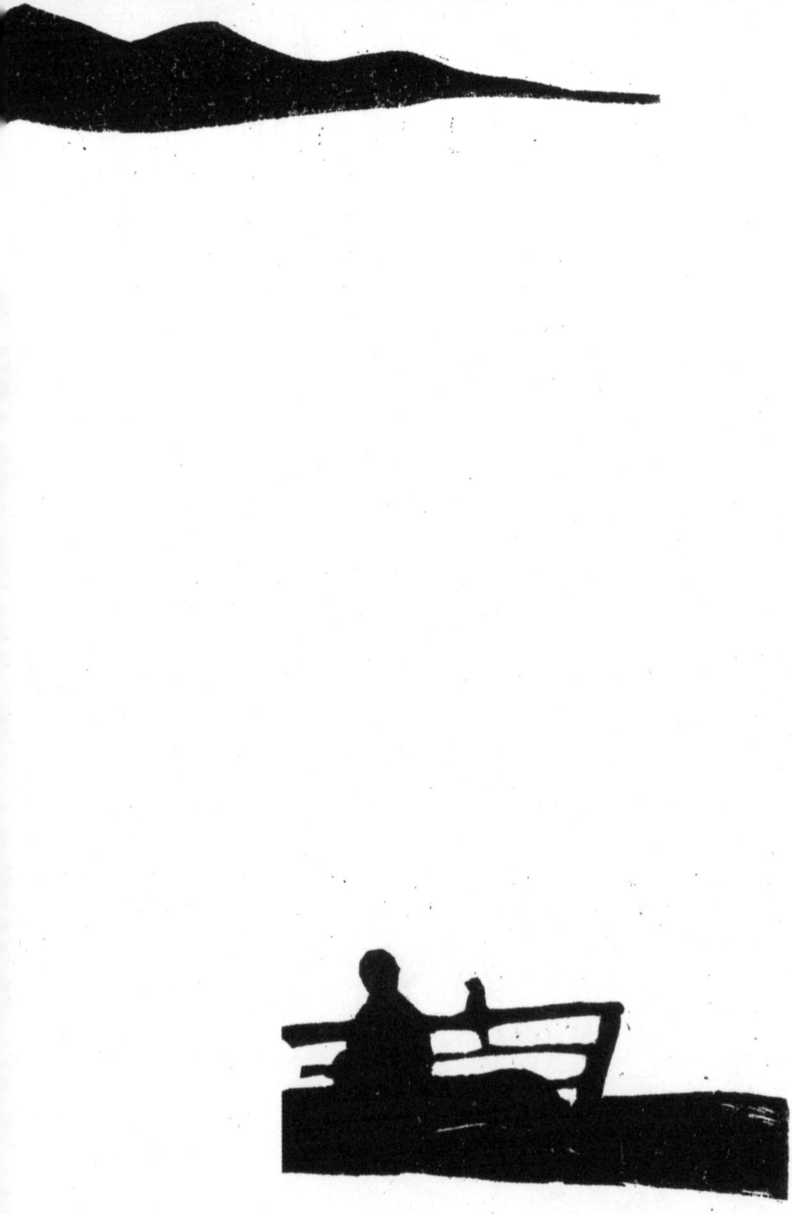

燕子大叔

燕子大叔
你好啊

我已经
满了十四啦

姐姐做新娘
嫁走了

你也白头发
多起来了吧

从去年的旧巢
你探出脸

燕子大叔
你好啊

电线杆的帽子

电线杆
说呀
"因为夏天来了
就连我
也要戴上
深蓝的帽子吗"

什么样的帽子呢
仔细看
高高的柱子
顶端
轻轻落着
一只燕

55

雪夜

用红色的油漆
把鹦鹉染了
下雪的夜里 让它
从窗口逃出去

要往哪儿去呢
火红的鹦鹉
穿过白色雪野
轻快地飞

在离山口三里的
月亮地
鹦鹉到底
累了，睡着了

那红色的火
用它取暖吧
山上的近视的猎人
枪也忘了开　飞奔过来

老鹰摇摇晃晃

老鹰摇摇晃晃
摇摇晃晃
饿着肚子
摇啊摇晃晃

出山
往城里去
没爹没妈的孩子
正在哭

想要想要呀
没有爹妈的孩子的
油炸豆腐
但却没有抢

老鹰忍住了
又蹒跚
往来时的山里
摇啊摇晃晃

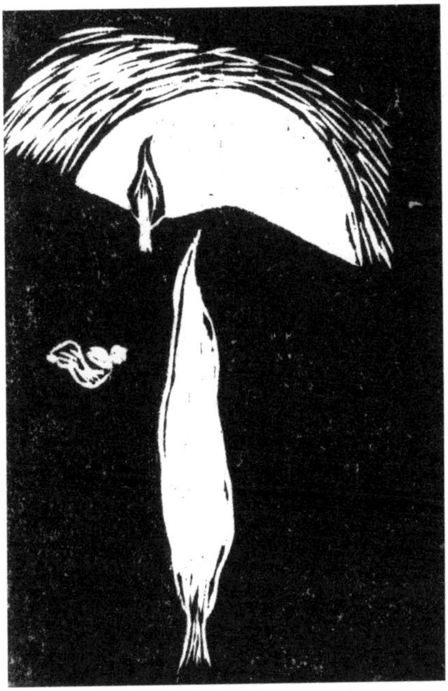

云 雀

嘀里叽咕　嘀里叽咕
满耳是叫声

高高的麦田的上空
云雀在飞鸣

在哪儿呢
抬头看呀

碧蓝的天上
有白昼的月

嘀里叽咕　云雀
满耳　是它的叫声

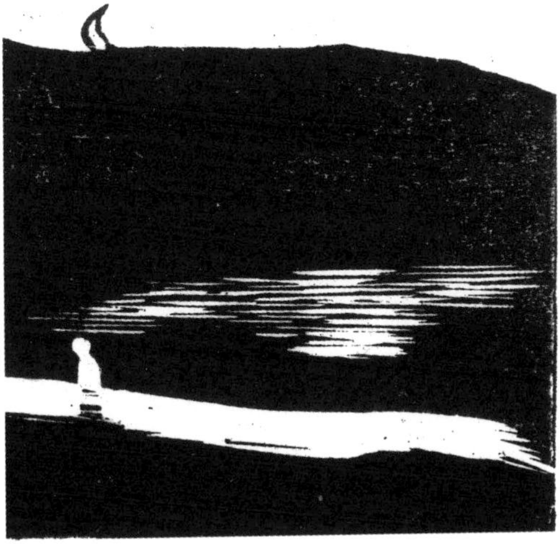

燕子归去

燕子归去
燕子归去
秋天来了
它往南方要归去

燕子啊 你等等
我有礼物要给你
在你的头上
戴个花簪子

燕子啊你去吧
回那南方的故乡吧
红簪子
一闪一闪呀 快回去

燕子与钟

秋天来了
燕子
往故乡
往南急急地飞

去路多么远
顾虑到去非洲的
船的时间

酒店屋檐下
燕子
一个急翻身
往里看了看钟

鸟与人

白的鸟·
黑的鸟
一齐飞起来
在早晨的路·上
雨后初晴的路上

上班的人·
要债的人
一个一个过
在白天的路上
电车驶过的路上

白的鸟
上班的人
黑的鸟
要债的人
混着杂着回家
在傍晚的路上
暮色暗下来的路上

·鸟、上班的（薪金制）人、要债的、路，这几个日语单词尾音发音相同。

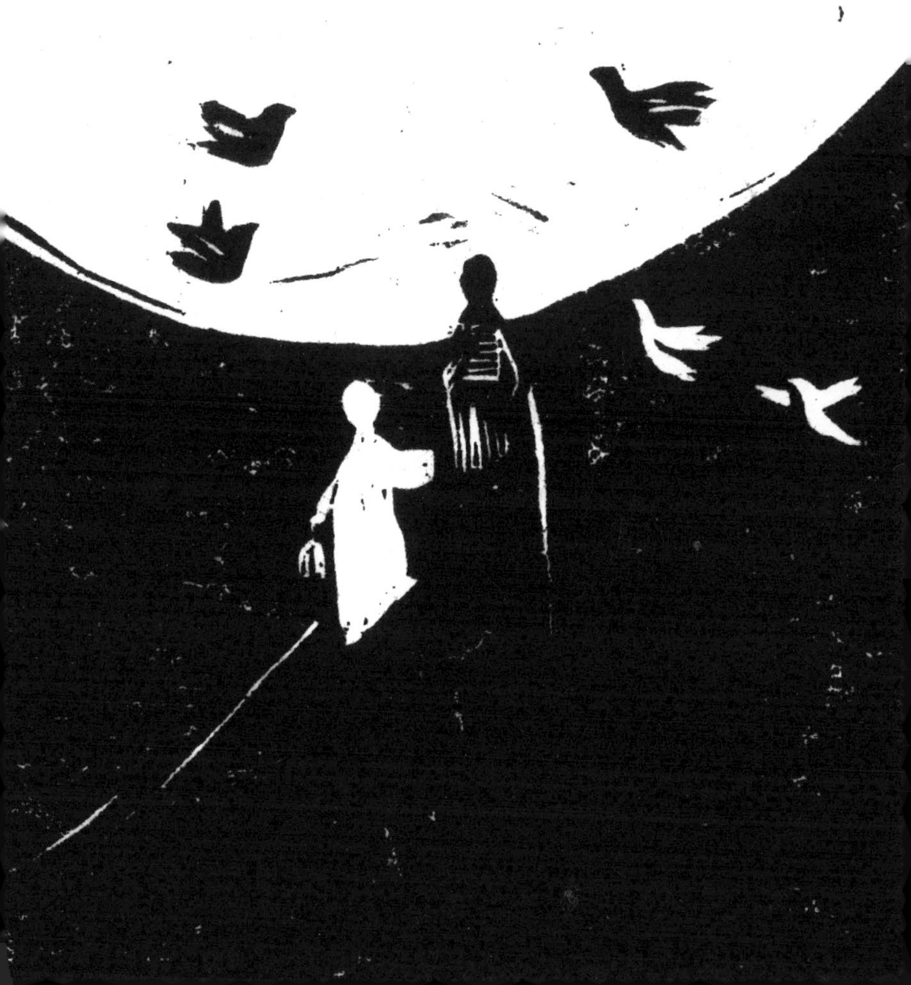

兽之歌

村里的英雄

村里的大黑牛
在春天的傍晚死去了
在长年住的牛舍
在睡觉的稻草上死去了

是为寡妇主人
一生尽忠
从早到晚拉着重物的
任劳任怨的牛

庙里没有敲钟
可是散着花
村里的　敦厚的英雄
在春天的傍晚死去了

象

想要一头大象呀

垂着绯红的流苏
安着黄金的镫

象头上坐父亲
象尾是母亲
我呢夹在正中间

山呀湖呀都小得像豆
集市和村子像罂粟

晴天的日子唱歌
下雨的天气打伞
摇摇晃晃　摇摇晃晃骑着走

真想要一头大象啊

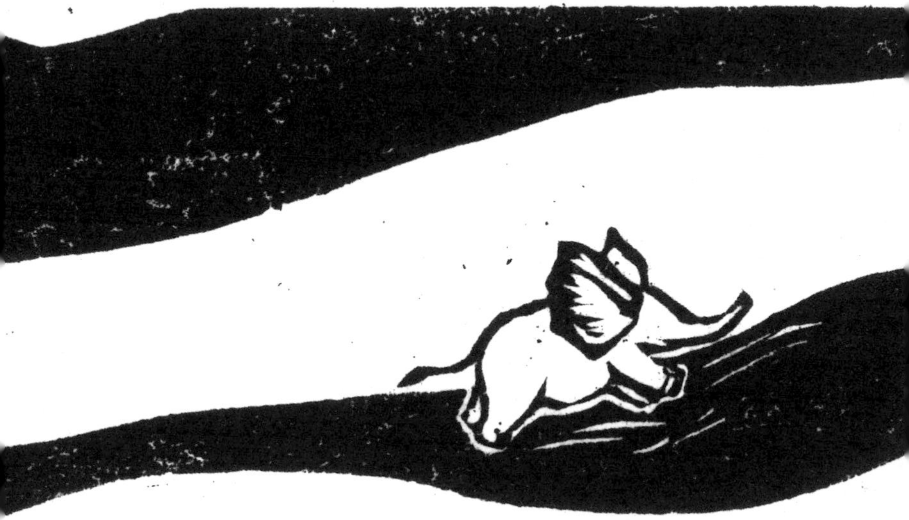

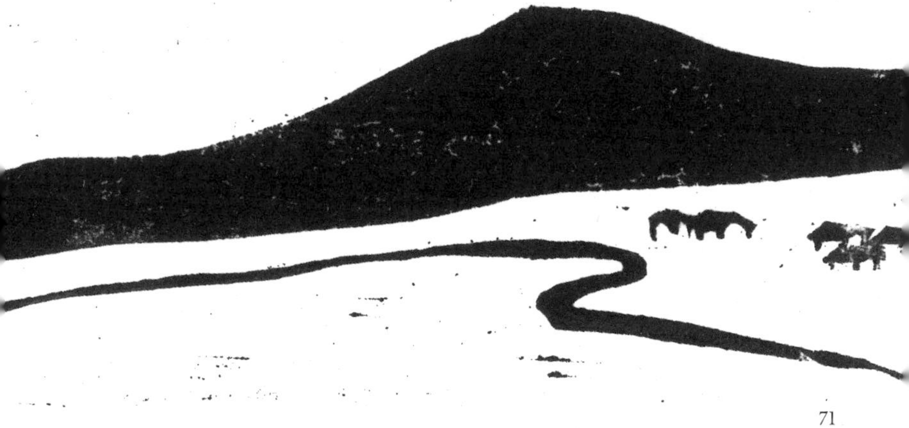

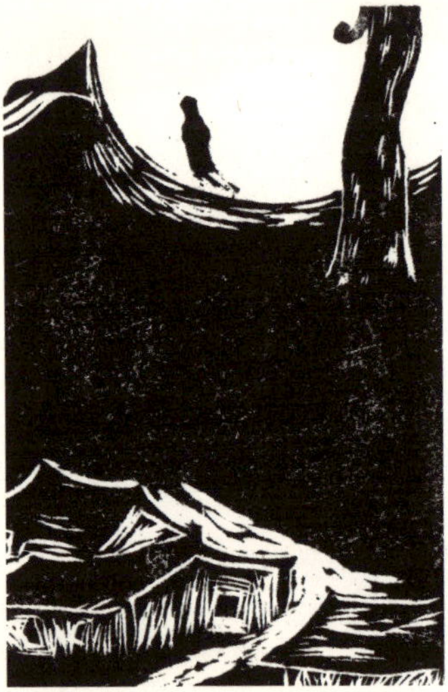

月亮和猫

漂亮的三花猫
今晚又在
廊檐下
露了露脸

三花猫的镜子
是月亮
那天上圆圆的
月亮

那脸　照得出来呢
照不出来呢
漂亮的三花猫
在廊檐下
装作若无其事地
露了露脸

羊

羊　羊
雪白的羊
温柔的羊
在暖暖春日里
吃着青草
一齐走过去的羊

喊一声名字呀
回过头来看
羊眼睛啊
与妈妈的眼睛有点像

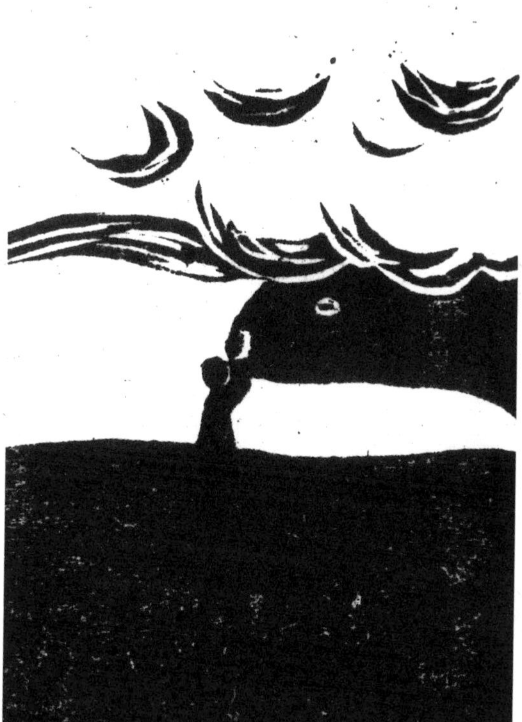

狗与云

昨天如此　今天也一样
狮子狗啊
为什么望着海上
不停叫

是惧怕
海那边
那只白色的
大狗吗

不要吠呀
可爱的狮子狗
那是
寂寞的旱天云

就算你吠着
不去撵
太阳一落呀
它也会消失不见的

旱天云，包括卷积云和傍晚的云彩、霞光等。

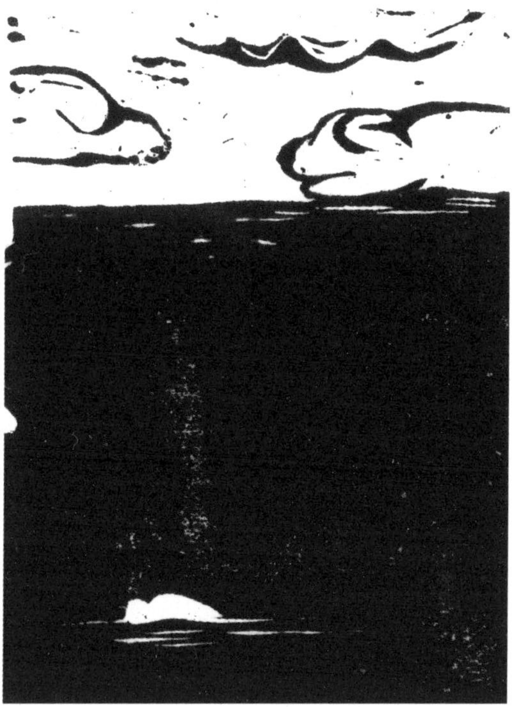

虫之歌

纵恋着爱着啊,萤火虫仍飞去了。

——鬼贯*

---

*上岛鬼贯(1661—1738),日本江户时代俳人。著有俳句集《大悟物狂》和俳句论《独言》。

蝴 蝶

行脚商人的
蝙蝠伞*上
停了
一只蝴蝶

在海滨城市的
大晌午
反复地擦着
黄翅膀
蝴蝶迷迷糊糊
打起盹

行脚商人
乘上了船
船去哪儿呀
去印度
红色的烟囱
哞地叫起来
左边右边都是蓝的海

---

* 蝙蝠伞,指黑色晴雨两用伞。

椰树的叶荫里
月亮出来了
在陌生的他乡
睁开眼呀
蝴蝶啊　多寂寞

蟋蟀的歌

蟋蟀　蟋蟀
多寂寞
你的歌啊
多寂寞

一听
你的歌
就能看见
旧的时钟
旧椅子
旧的灯下
纺线的
病姑娘

虽然不知道
是哪里的姑娘
也不知
为何看得见

蟋蟀　蟋蟀
夜深了
你的歌啊
多寂寞

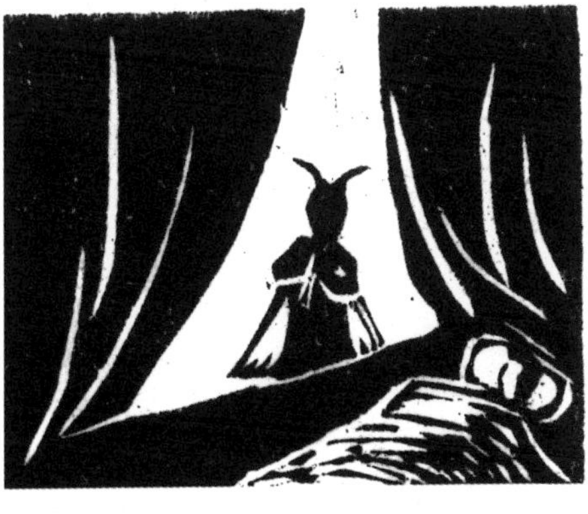

蝈 蝈

蝈蝈
蝈蝈
悄悄捉住它
藏在了
姐姐的
红色手匣*里
那是昨夜
梦里的蝈蝈

八点钟
银色的闹钟
吱哩吱哩
叫起来

这时候啊一掀手匣盖
会发现
红底白点的印花布里
包得好好的
就地一滚变成了
翡翠梳子的
那蝈蝈

---

*手匣，放随身物品的盒子。

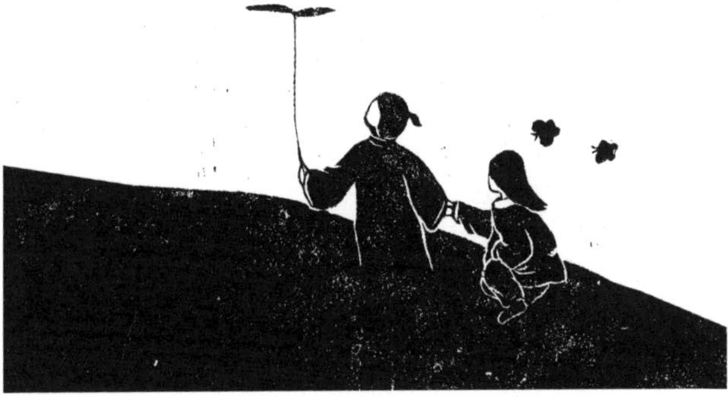

湖边事件

芒草荫下
赤牛在睡觉

三只蚂蚁
嘟哝道——
"矗在这儿的
是城堡呢还是山
路绕着走呀
太远啦"

湖边下了雨
赤牛逃走啦

三只蚂蚁
嘟哝道——
"消失不见了的

是城堡呢还是山
一条道儿笔直走
多近哪"

芒草影子长啊
晚霞正满天

蜗牛的歌

慢吞吞　慢吞吞
蜗牛爬了一整天
爬上了栎树看什么

爬在第一根枝上
看到了小牛犊　邻家的牛犊
妈妈抱它在稻草上

从第二根枝上呀
看到了姑娘　对过的姑娘
在窗子里面织手套

第三根枝上
看到了海啊　这儿那儿
是白帆的影

第四根枝上
不知不觉日已暮
今晚啊　金币似的月亮
自叶荫升上来

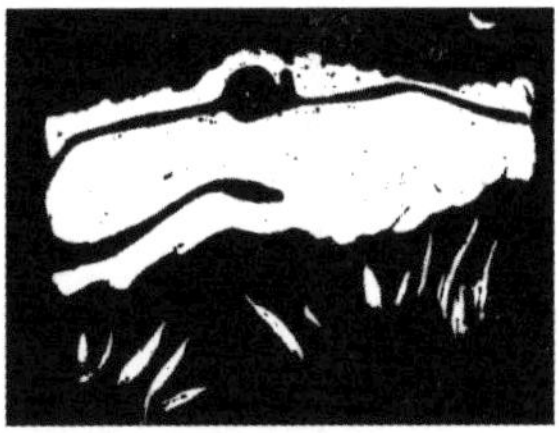

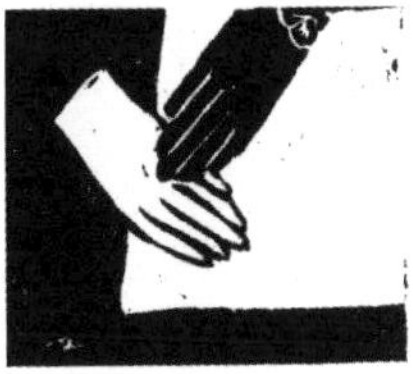

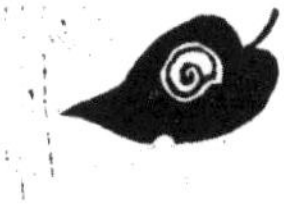

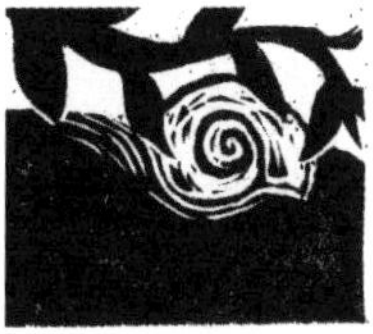

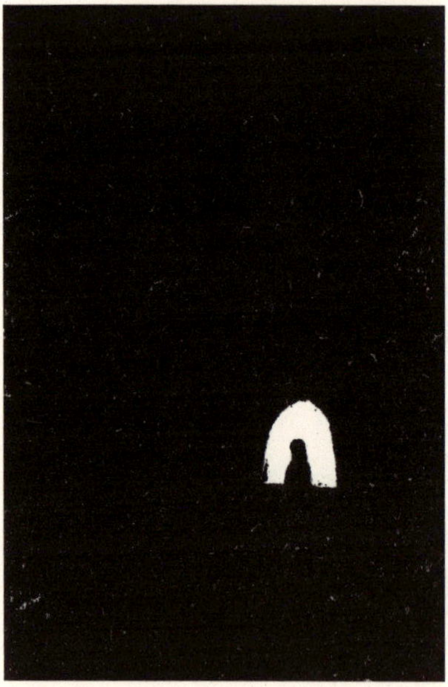

蟋 蟀

蟋蟀
蟋蟀
停在
电话的话筒上

深夜里
像要和谁说话
解闷儿

蟋蟀
在秋夜的
公用电话上
叫

蚂 蚁

蚂蚁
很寂寞吧

把随繁缕˙叶子
来的
道灌山˙的
黑蚂蚁
放在了
往神田˙去的路上

蚂蚁
很寂寞吧
路也不认识
很寂寞吧

˙繁缕，石竹科一年或两年生草本植物，长于路边田间，日本"春天七草"之一，可食用。
˙道灌山，地名，位于武藏野台地边缘。
˙神田，地名，位于东京都千代田区东北部。

春天的傍晚

假山阴影里
跑过一辆　引火柴做的马车

哎哟　嚯哟
拉车的
是两匹黑的剪刀虫

车上打盹儿的
是长头红脸蛋的
土笔和尚

剪刀虫，蠼螋，革翅目昆虫，尾部末端有一对钳状尾铗。
土笔和尚，这里指笔头菜。

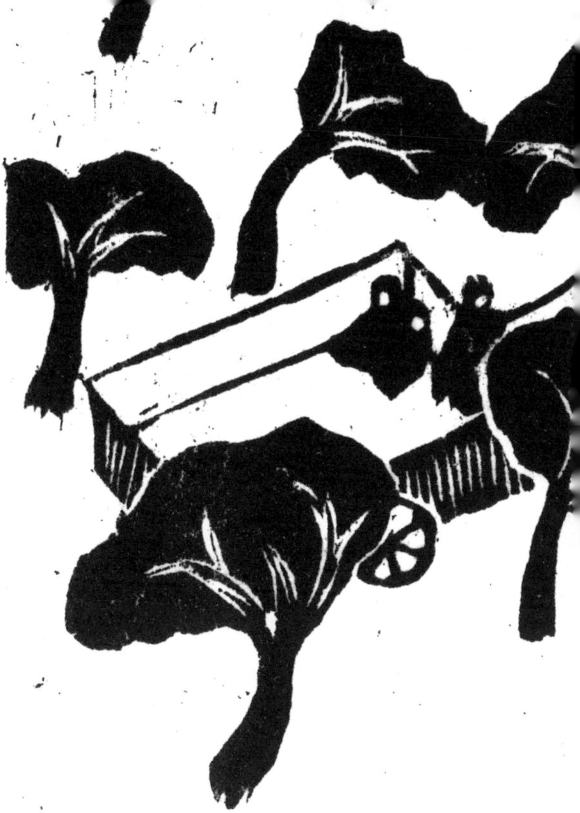

歌

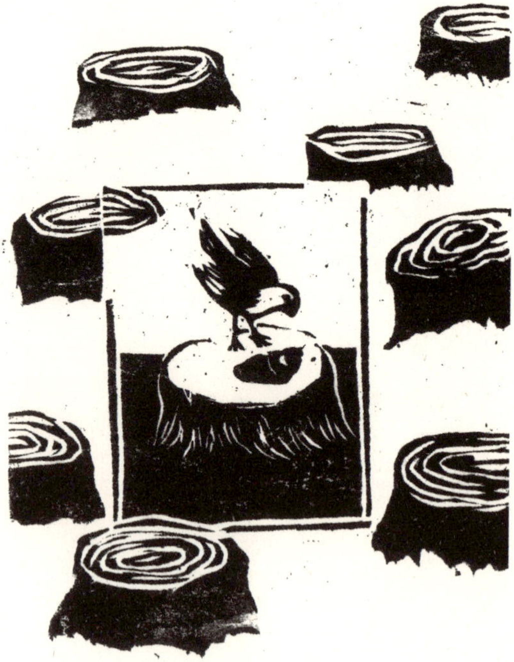

冬日早晨的歌

孩子啊　大家一齐要去哪儿
白色的蜡烛　拿在手上
虽然今天又像要下雪
跨过早晨的山谷　那独木桥
雾气不散去呀很危险吧

妈妈我们去了
白色的蜡烛　点起来
往那深山的深处再往里
去温暖那儿
被雪冻住的
小鸟的巢

小 路

——这是哪儿的小路呀
——爸爸头上的路

——借光让个道儿吧
——闲人无事不得过

——让玩具汽车过去吧
——从哪儿到哪儿
——就从眉毛到发漩涡

——不给过不给过
这一去呀没有回头路
午睡的爸爸醒来啦

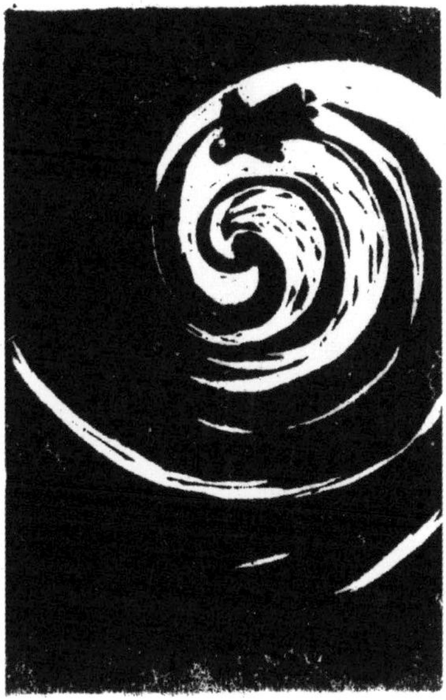

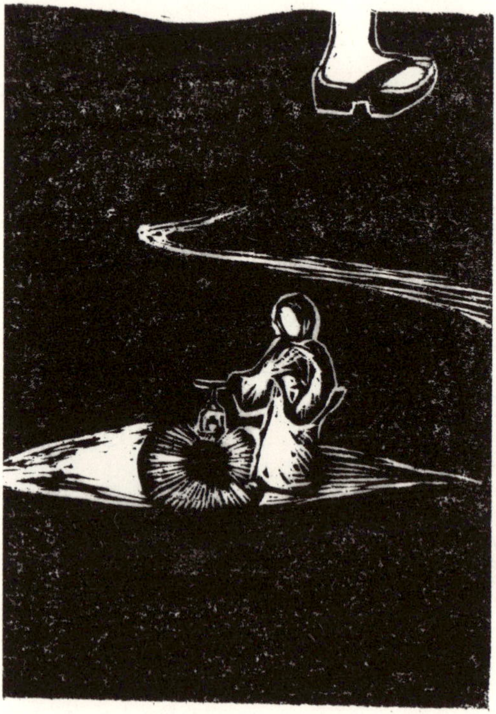

海山小曲

右脚高齿木屐
左脚是草鞋
嘎哒　哧啦
穿过街

右侧山上
芒草邀
左手海边
鸥鸟喊

要往哪边去呢
穿着不成对儿的鞋
路迢迢啊
日已西

傍晚的歌

芋头虫*胖得圆滚滚
葫芦"嘎巴"落下来

太阳圆滚滚
往西边山下骨碌碌地滚

月亮"嘎巴"
往春日的天上升

婴儿车"咯噔咯噔"
徐徐往家"咯噔咯噔"

哥儿的眼睛水汪汪
睁得大大的　还不要睡

---

*芋头虫，会吃芋类叶子的蝶或蛾的幼虫。

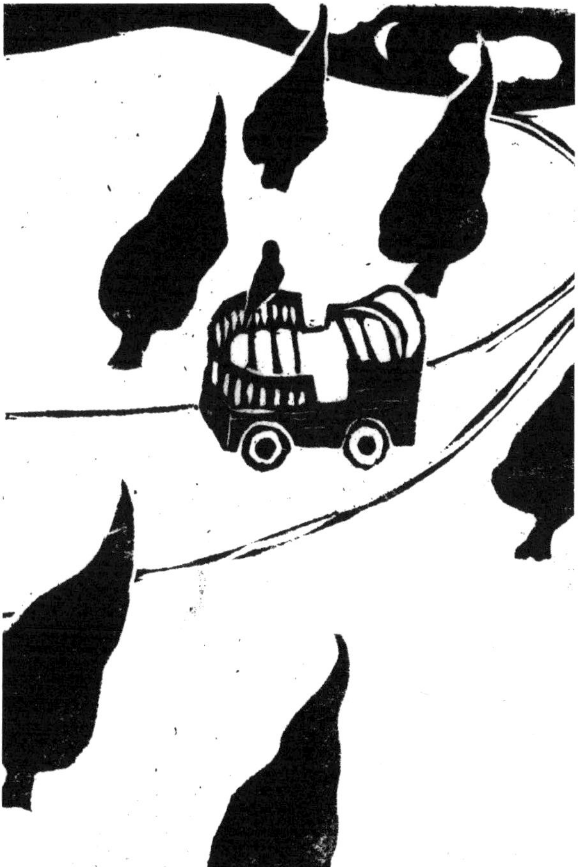

花与草木

玫 瑰

船上
被遗忘了的玫瑰
谁捡了呢

留在
船上的只有
一个盲人
一个铁匠
一只鹦鹉

船上的
红玫瑰
把它捡起来的呀

是一个盲人
看着这一切的
唯有蓝的天

巨大的百合花

"若不下到湖边呢
就寻不见大百合"
山脚的樵夫说

"若不上到山顶啊
就折不到大百合"
湖里的船夫道

等爬到山的顶峰
松鸦说话了
"若不去蓝蓝的天上呀
都见不到大百合"

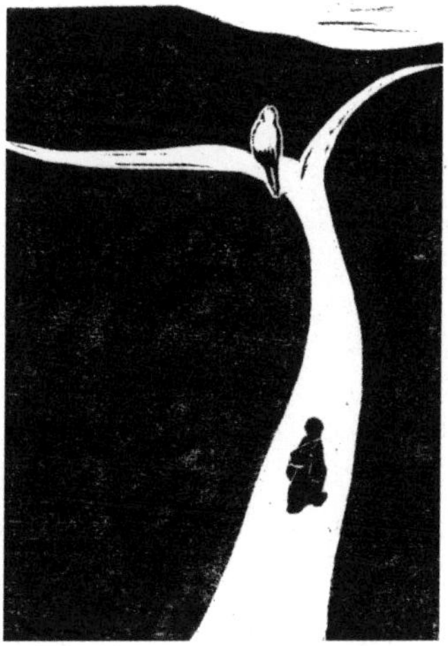

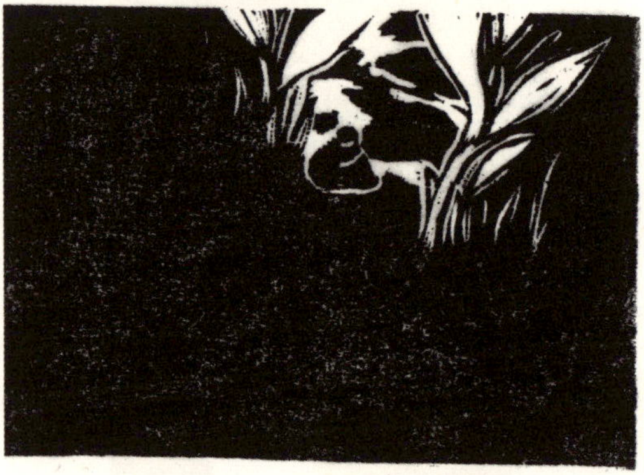

脚 掌

红色美人蕉的
花荫下

一只一只　正伸出
小脚来

虽不知道
是谁的
白的　小小的
五个趾

早也来　午也来
晚上再来看呀
是和妈妈
长得很像的脚

稍碰一碰
就消失不见了
只剩下那红的
美人蕉的花

蒲公英

轻轻地　软软地
飞过去
春天原野上的
白烟

小矮人的村子
也是黄昏了
它们正准备
做晚饭吗

红的　小小的
烟囱
掩映在草中
月亮远远

轻轻的　软软的
蒲公英的
白茸毛
飞去了

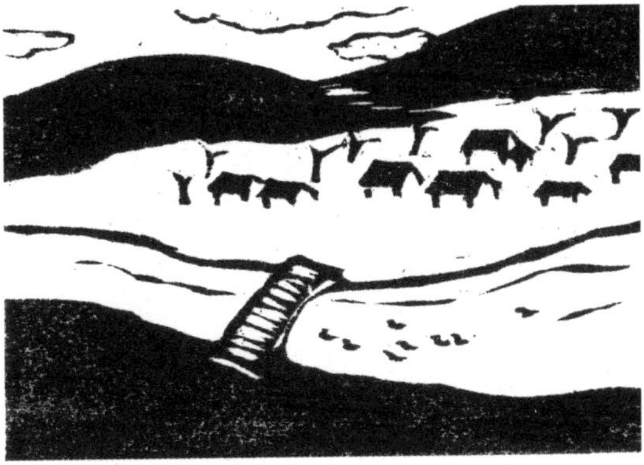

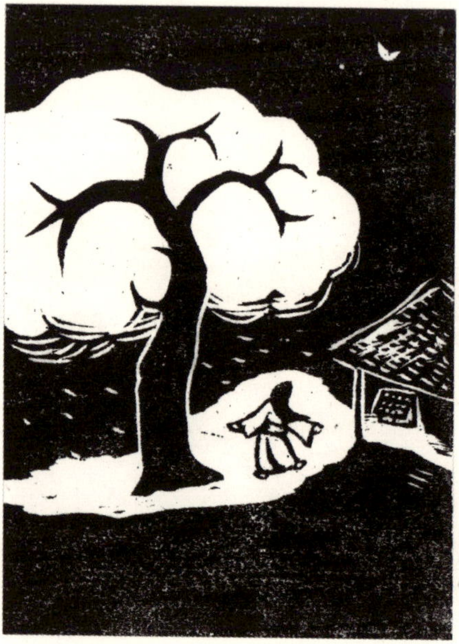

樱 花

捣蛋鬼孩子的家里
樱花开了

捣蛋鬼孩子令人怵
樱花却也看见了

傍晚走过
开得呀一树白

捣蛋鬼孩子在家里
在唱歌

傍晚的院中啊
樱花落纷纷

李子的梦

花匠
在看花
看白色的
李子的花

花匠
在午睡
在春天暖融融的日头下
睡着了

花匠
做梦了
梦见
在白色李子花的
花海上
用铁锹划着船

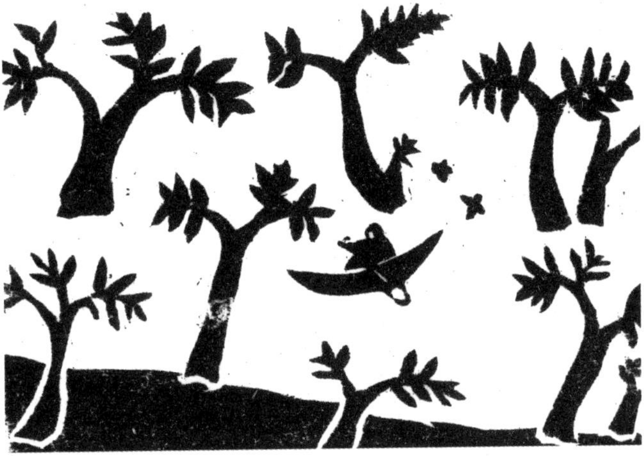

向日葵

帽子店的窗子里
摆着麦秸草帽
黄色的　摆成一个圈
那是向日葵的花

向日葵花凋谢了
十个孩子
一顶一顶　戴着
去了海边和山上

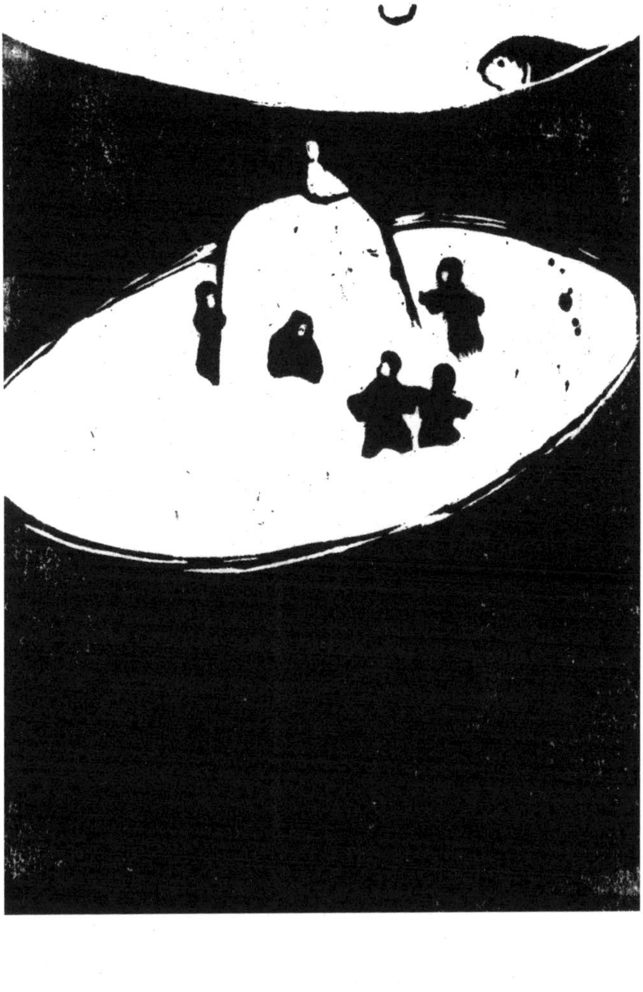

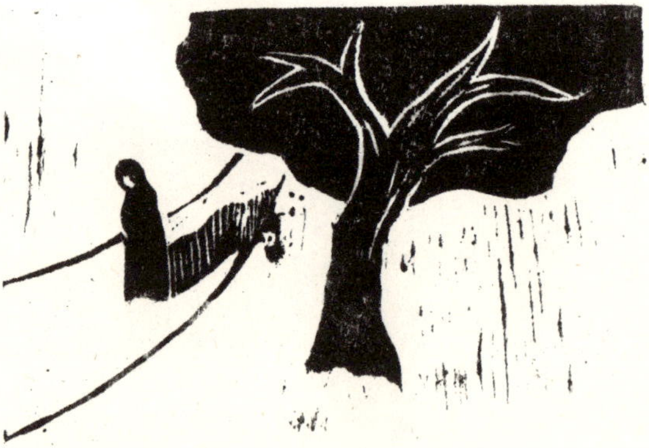

葱花球*

旅人　旅人
在下田˙街道的路中
独自哭着走过去

走过去了　为什么哭
因为翻过山越过海
看见了好不容易回到的故乡
寺庙里的葱花球

摘了深斗笠奔上前
那长在旱田的葱花球
因了它　伤心地边哭边走

˙葱花球，即球状葱花，晚春时在葱的茎端开的白色球状小花。
˙下田，位于日本静冈县伊豆半岛南部。

落 叶

树叶啊　落下来
很冷吧
让你进到我的
袖中来

在向阳地的霜
化开前
让你进到
我的袖中来

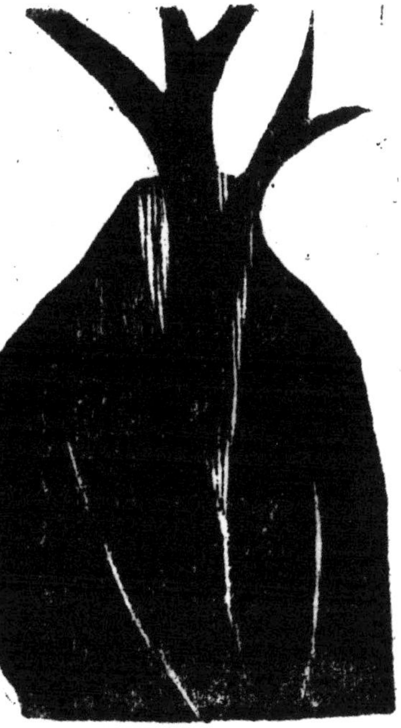

孩子的生活

我们都记得的
少时的日子如此这般飞去
那十二月的欢愉
抑或五月的温暖

——普里德

普里德(Winthrop Mackworth Praed,1802—1839),
英国诗人、政治家。

土岗上

土岗上的凹地真好啊
飞过天空的是白云
躺那儿的是我自己

我一直想啊
气枪　照相机
各种各样想要的玩具
还有死了的佩斯
嫁走了的姐姐的
温柔的眼

不管独自躺到什么时候
不管想事儿到什么时候
都不会讨谁的骂的 那草中

云走了 云回了
傍晚 月亮还没升起来
土岗上的凹地真好啊

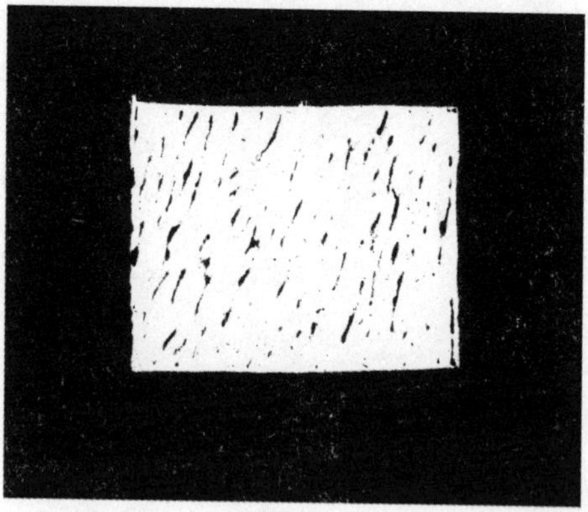

纸 牌

金色的洋灯
点着了
是谁在
洗纸牌

在春天夜深的
河岸路上
往客栈的
窗中看

只有一个人的
手指
一个人啊
多寂寞

是谁呢
洗着纸牌
外面下着
毛毛雨

抓 药

鸟因为是鸟
所以温驯地
在林子深处的巢里睡

月亮因为是月亮
所以即使寂寞
也在遥远的天上独自行

我因为是哥哥
所以得了嘱托
走很远的夜路去抓药

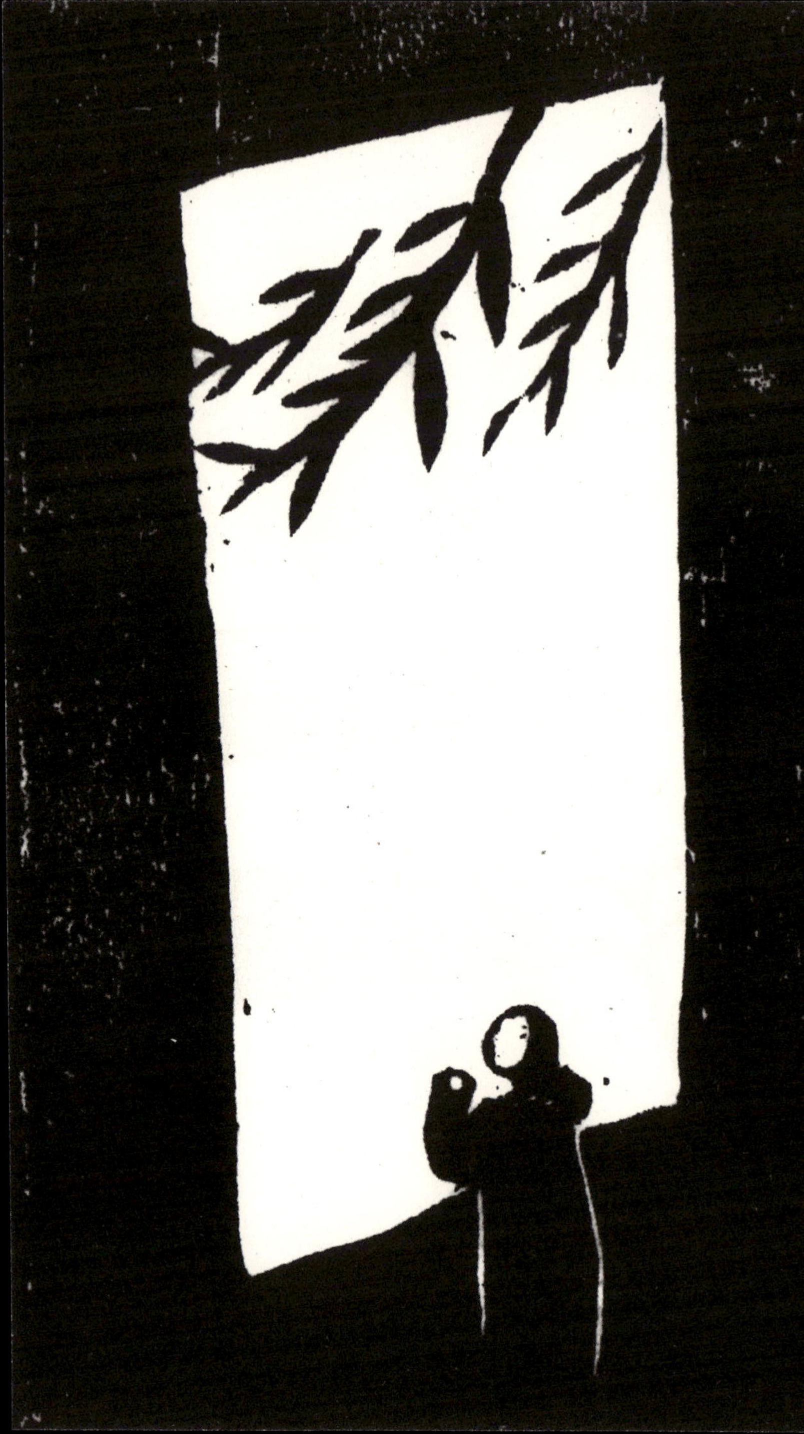

丢掉草鞋
——远足的孩子,唱歌吧

草鞋　草鞋
再见吧

夕阳赤红的
乡道上
只因断了
所以丢掉啦

草鞋　草鞋
再见吧

来自城里的
你
今夜的梦
会寂寞吧

旧草鞋呀
再见吧

剩下的焰火

和海边的孩子一起
放的
焰火啊
多寂寞

今年的夏天也到此
戛然而止了
明天就坐火车
回去啦

沙滩上黑的
是海乌鸦
挂苇帘的茶屋里
有秋风

在雨停的间歇
放的
焰火啊
多寂寞

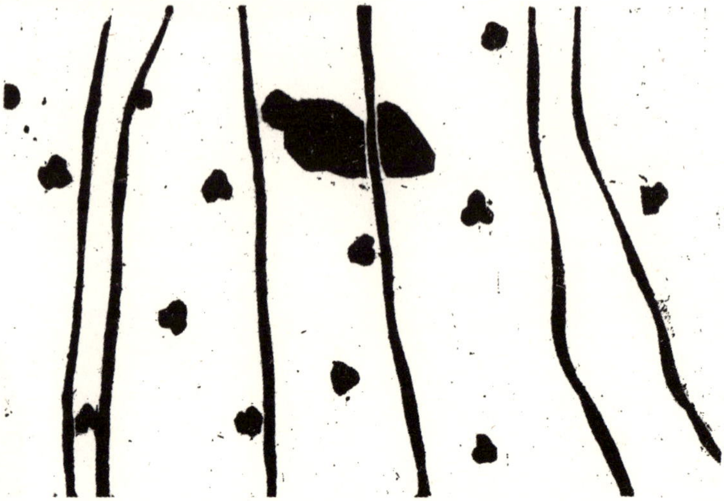

受伤

擦了 又擦
血还是渗出来
哭了 又哭
仍旧痛
自个儿弄伤的
无名指

连其他的手指
也苍白着脸
很担心地
看着它

无人的玩具店

没有人的
没有人的
玩具店

玻璃门
紧闭着
青绿的柳树

马
玩具娃娃
都是寂寞的模样

和妹妹一起
来了两趟了
又回去

这春天
乡下的
玩具店

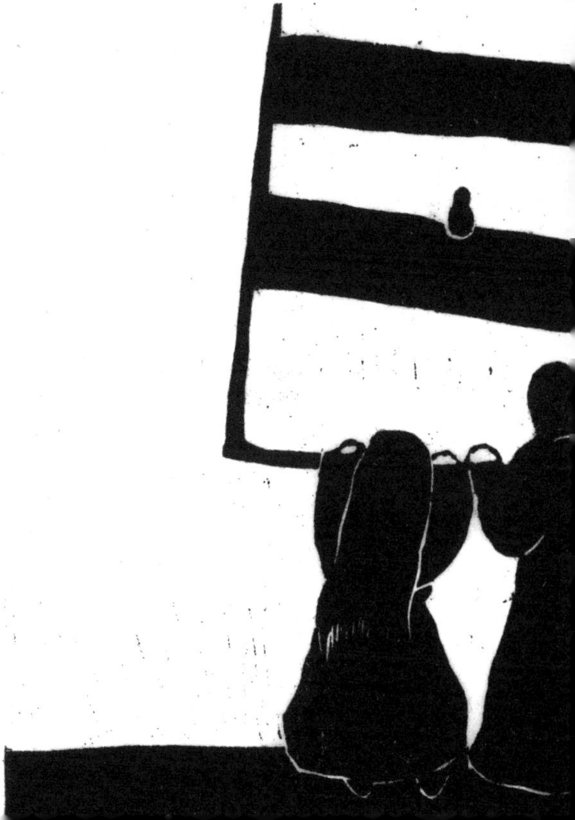

葫芦花

在去年玩过的沙丘
想起　去年一起玩的孩子

分手时我在船上
送别的那孩子在山丘

挥动着白帽子
直到船影消失

今天又来这沙丘
只有波涛啊寂寞响

那么牢的约定
难道忘了吗　还是死了呢

无意间望到海岸的背阴处
一顶白帽子像在喊

飞奔下去看　是朵葫芦花
开得孤单又打蔫儿

电 影

电影里的妈妈
得重病死掉了

可爱的汤姆在伦敦的
街上卖报纸

汤姆的爸爸是坏蛋
从火车的车窗逃走了

电影落了幕
出来　是静静的乡间

我的右边是爸爸
我的左边呀是妈妈

快回家休息吧
月夜里大雁这么叫

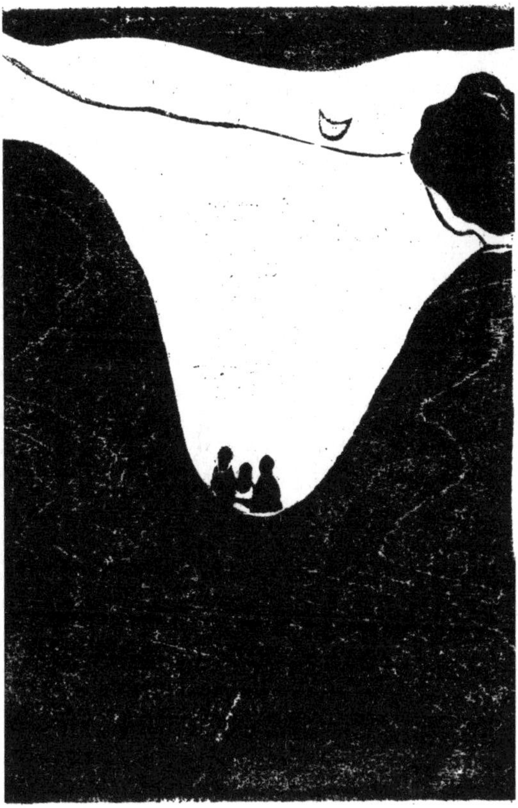

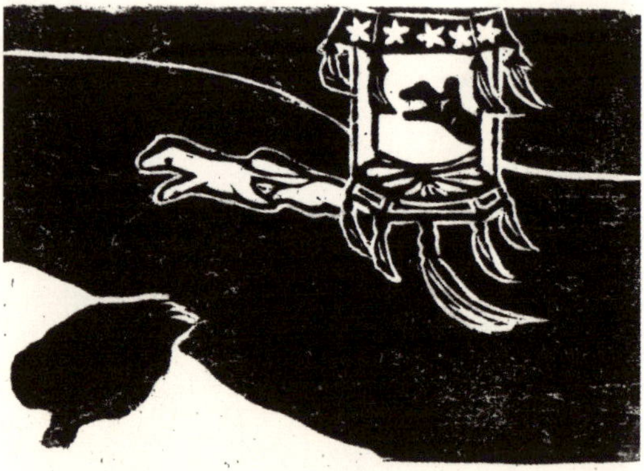

走马灯

被白天的风
吹着转着
走马灯啊
多寂寞

爸爸
在午睡
妈妈
也在午睡

凌霄花
红红地
在上面摇
天真蓝

在白天的廊檐下
转着
走马灯啊
多寂寞

争山头*

争山头呀
我一个人
把后上来的人
推下去

跌倒　掉下去
又爬上来
在夕阳火红的
小丘上

四个孩子
在青草地上
玩累了
四下走开了

争山头的
是月亮一个
而后爬上去的
是夜色

---

*争山头，打擂，一种儿童游戏。站在土堆上把爬上来的人推下去。

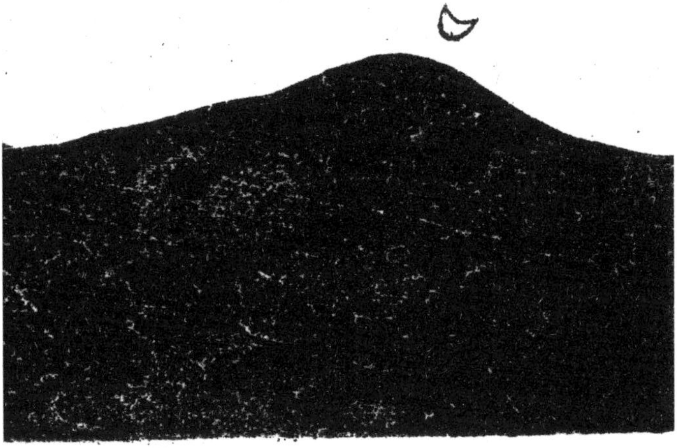

坡 道

跑起来了　就不要停
一直一直跑

沿着红色夕阳的坡道
咚咚跑呀　不要停
一直一直跑

柳树叶抚着头
打前面来了豆腐匠
锈了的喇叭　声音里呀有悲凉

从后面赶上去的毛孩子
自行车的车把　多危险
背上货物很重吧

工厂的汽笛停住了鸣叫
三五只鸟飞起来

管妈妈叫不叫呢
沿着红色夕阳的坡道
跑起来了不要停　一直一直跑

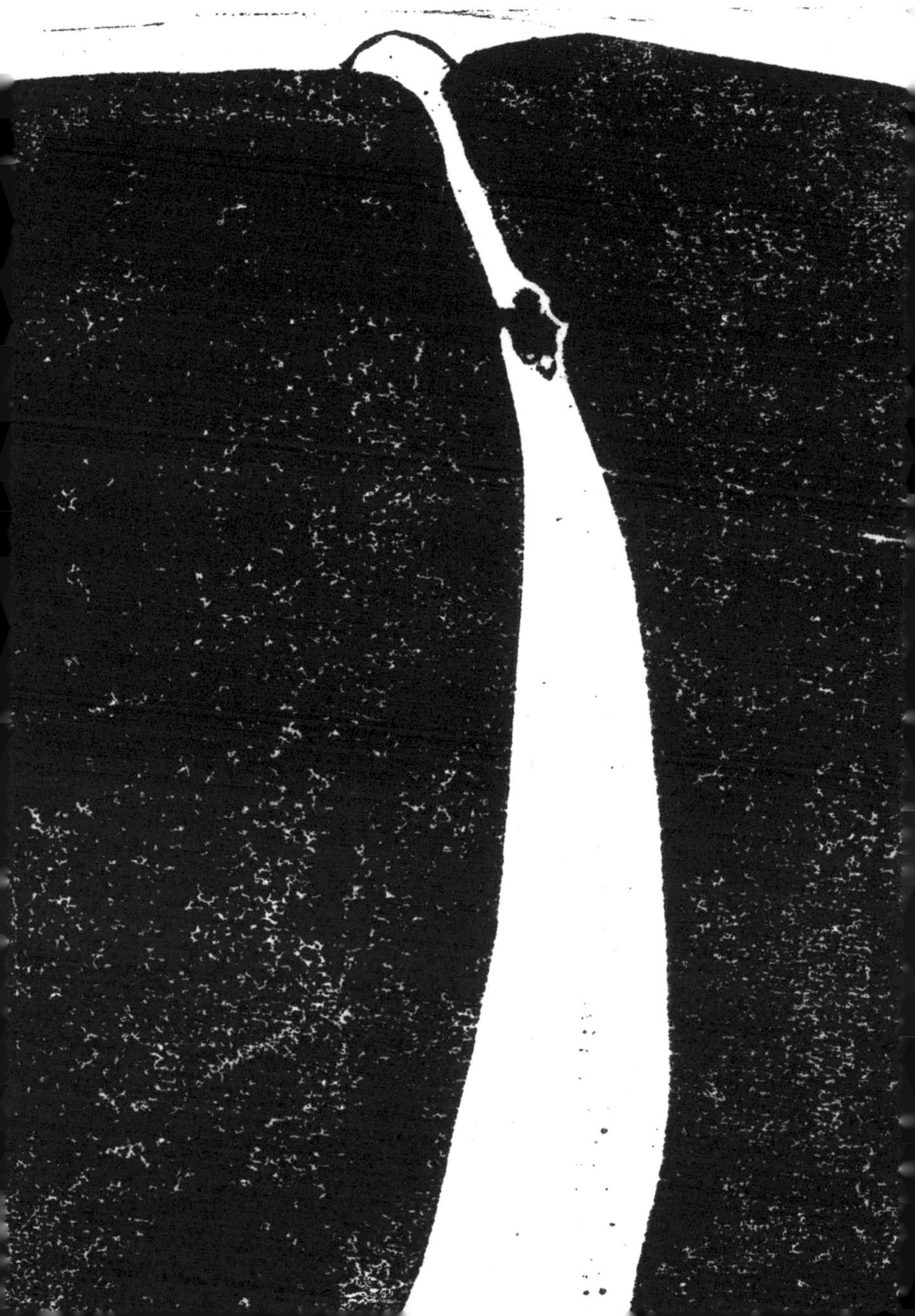

玩具船

下雪的夜里
倚在
妈妈的膝上
想——

挂着红帆的
玩具船
忘在了夏天河滩上的
那船
到底往哪儿
漂去了

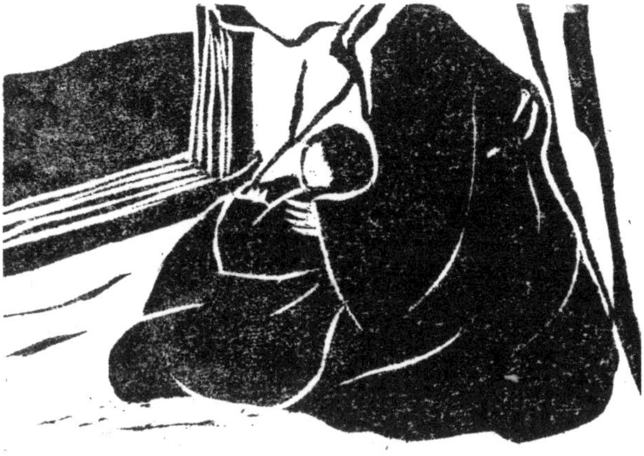

我的家人

妈妈的眼睛

一看妈妈的眼睛
我就想起池塘

池周生着细密的树
清澈的水中央
有一个黑色的小小岛
想哪一天在里面划船呀
划着　驶去那小岛

在那么安静的水底
会有什么样的鱼儿
那么可爱的小岛的树上
什么鸟儿在歌唱

每看见妈妈的眼睛
我就想起了池塘

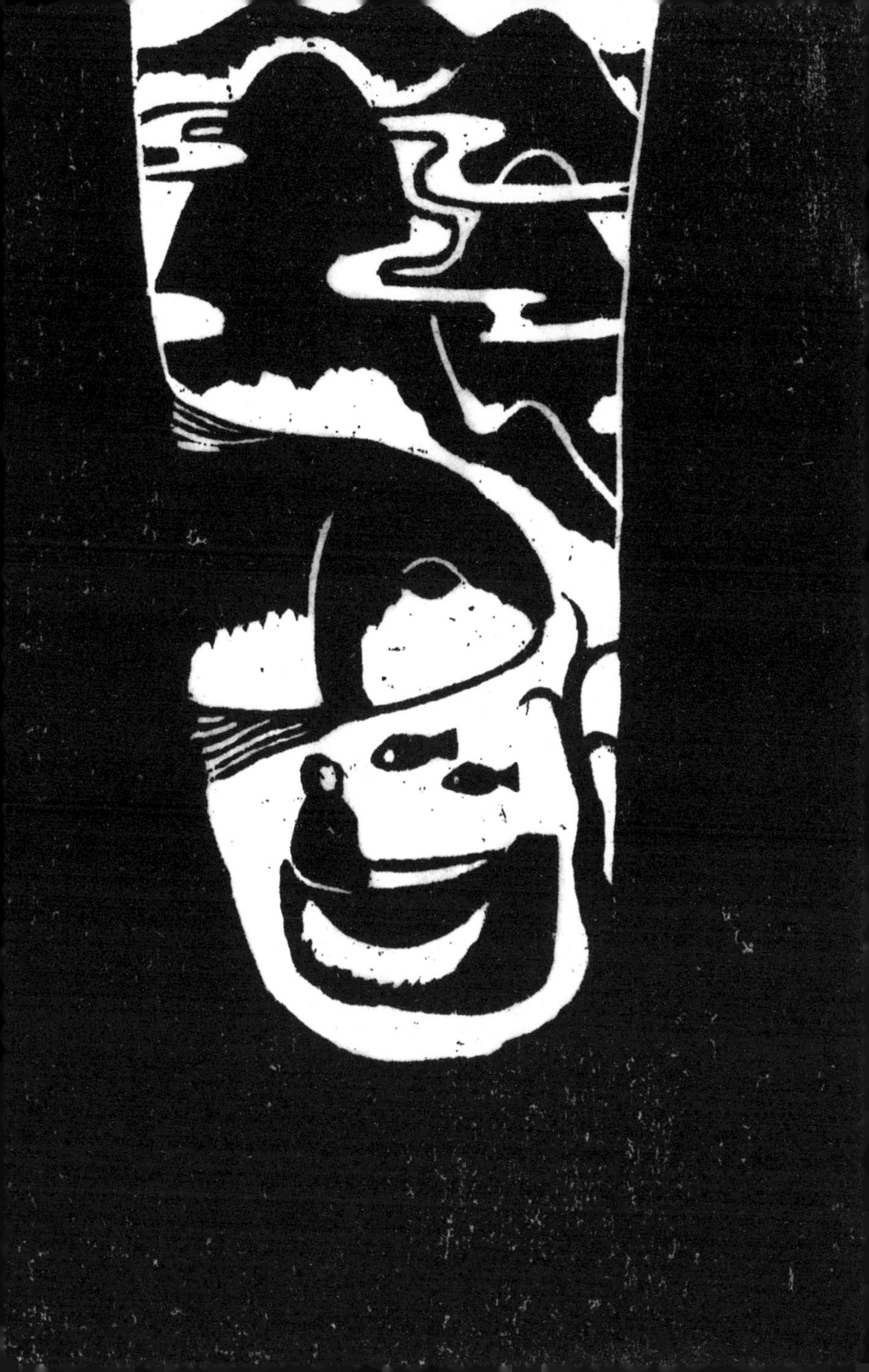

络腮胡

爸爸的腮帮子
是海滨沙滩吗
浪也不打来
粗粗拉拉的　涩咔咔

爸爸的腮帮子
是小竹丛吗
风也不吹来
唰啦唰啦的　沙沙响

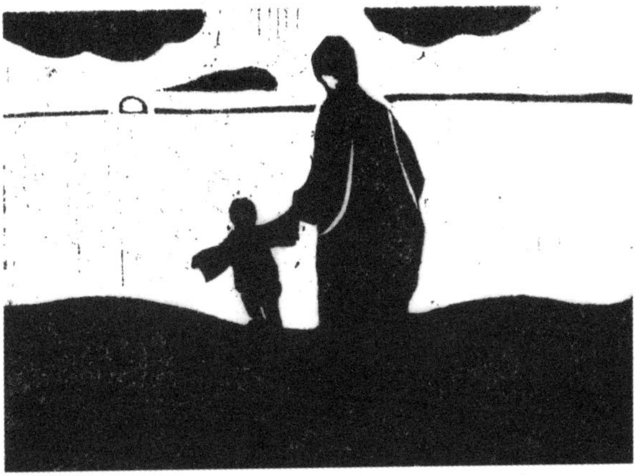

奶奶与鹳

是寒冷的冬天的晚上
远远地　远远地
传来西北风的呼啸

奶奶
偎着暖炉
隔扇门上映着的影子
脖子细长　下摆散开
正像鹳的样子

那已是五年前的事
梅花开的时候
奶奶故去了

今夜西北风又在叫
独自偎着暖炉
往事历历在眼前

总觉得我想念的奶奶　她的魂魄
化成了白鹳
在今夜的风里　暗夜的上空
远远　远远　永不停歇地
在飞

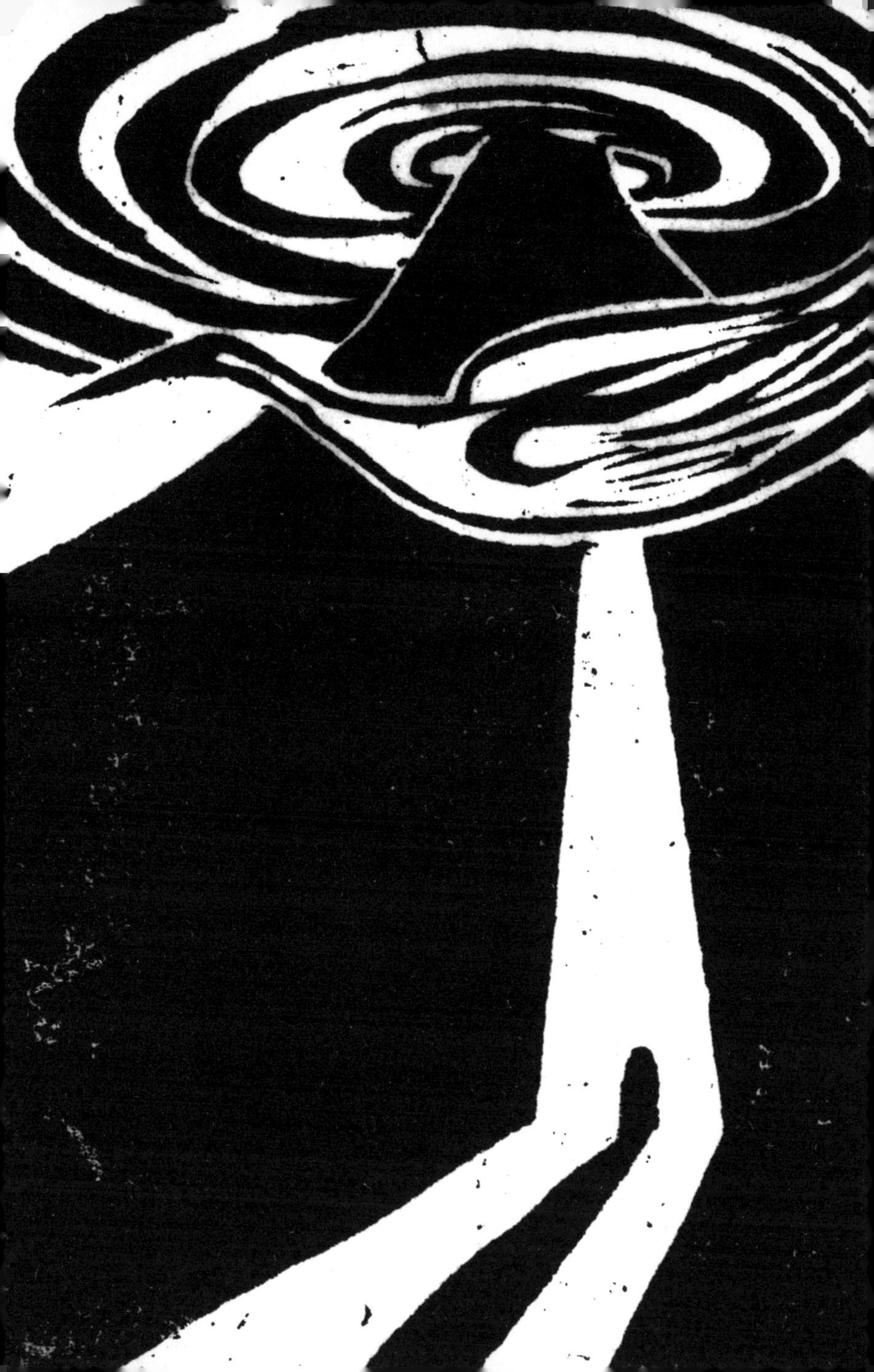

雨 夜

下雨的夜里和妈妈
共打一把伞走
明亮的路　繁华的路

总是很冷清的道口
有狮子狗的小巷
为什么今夜不害怕

雨啊　发出唰唰的响
索性和妈妈
亲密地打一把伞走下去
开心的夜呀　愉快的夜

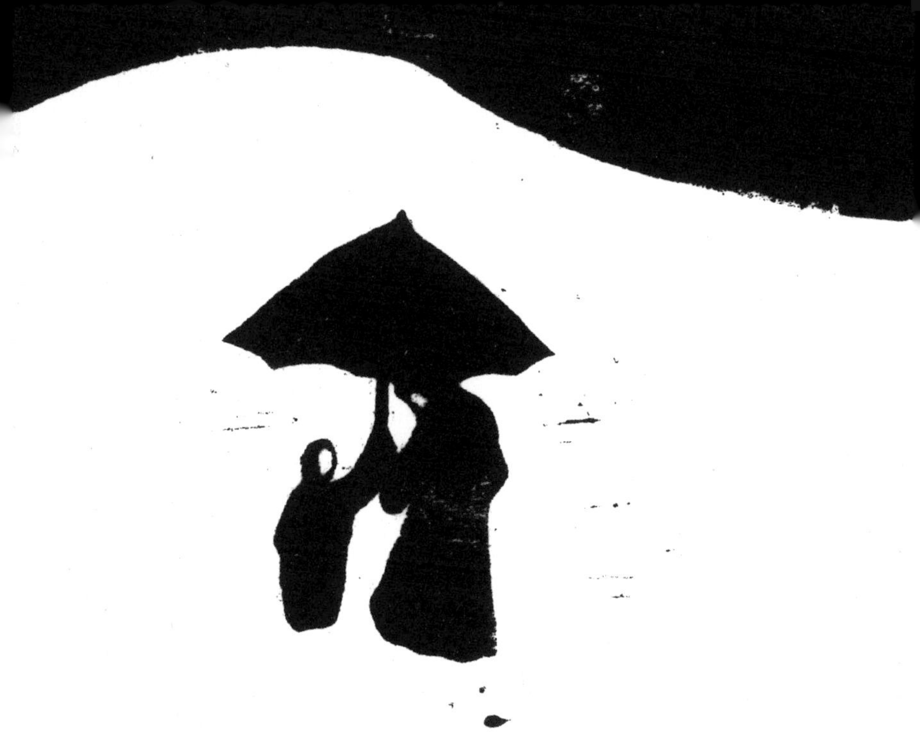

捶 肩

妈妈　来给你捶肩吧
嗒咚　嗒咚　嗒咚咚

妈妈　你有白头发了呢
嗒咚　嗒咚　嗒咚咚

廊檐下洒满阳光
嗒咚　嗒咚　嗒咚咚

火红的罂粟花也在笑
嗒咚　嗒咚　嗒咚咚

妈妈　心情那般舒畅
嗒咚　嗒咚　嗒咚咚

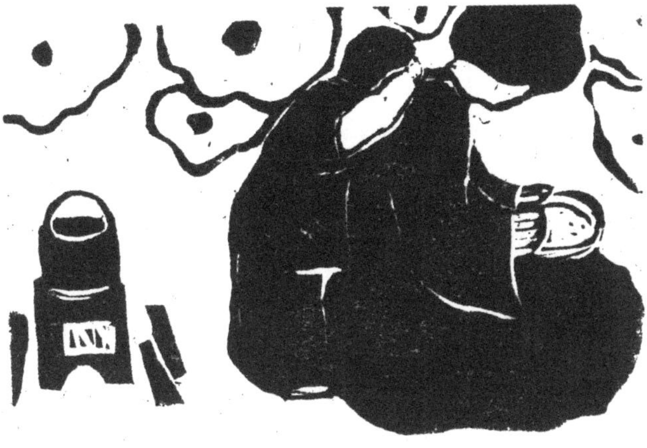

海 边

扔大石头
扔小石子
扔下去就荡开吧
水波啊 你荡开去

远远地 远远地 荡开去
去到夏威夷的海边
去撞到孤单的哥哥
他的鞋尖上

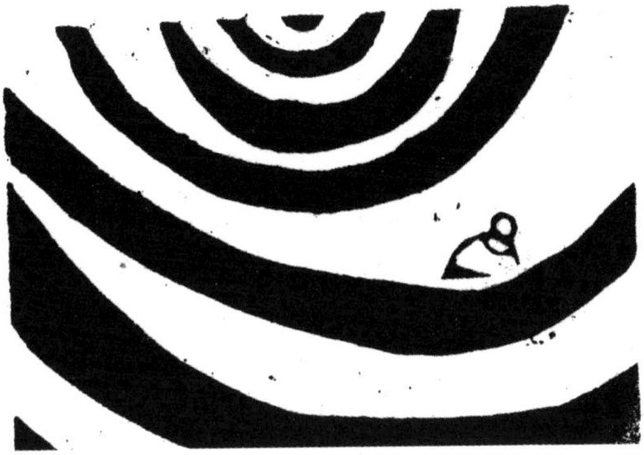

阿 姐*

今天来的阿姐　是个好阿姐
脸白　个子高
一边说"哎呀好可爱"
一边来抱我

今天来的阿姐　是个好阿姐
下雨了却还背着我
搽了白粉　打了伞
走到城里去办事

今天来的阿姐　是个好阿姐
刚进城就从袖中
取出一封信　哭着
悄悄丢进了邮筒

大约　是给乡下妈妈的
写着"帮工顺利"的
平安信

---

*阿姐,这里指帮工的年轻女佣。

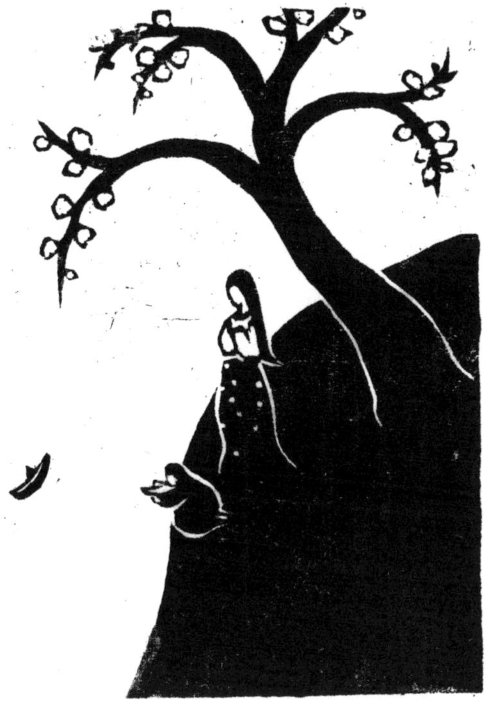

陌生人

邻 居

妈妈
邻居呀
他们什么时候来

新大门做好了
篱笆也做好了
火红的罂粟正在开

可是妈妈
邻居
他们什么时候搬来

等得都叫人着急
每天每天是碧蓝的天
院里的罂粟也要凋谢了

妈妈
邻居的孩子
他长什么样

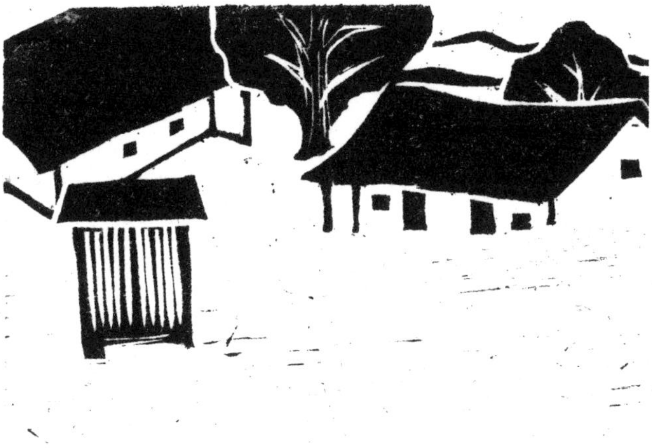

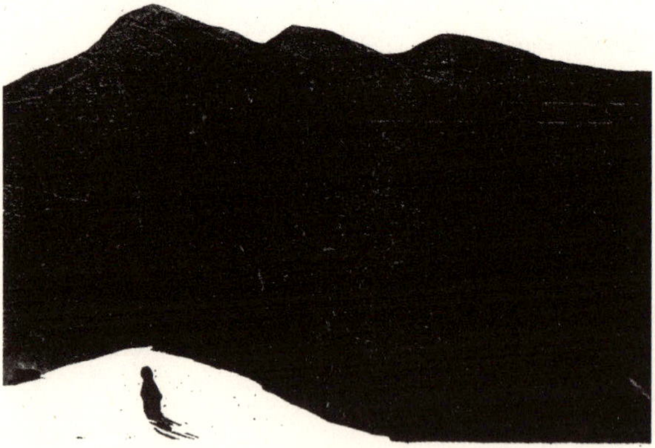

哭痣*

那孩子的
痣
是哭痣

在往大街的
酒屋去的
路上
三只
燕子
在说着

今夜的
月光
苍白

---

*哭痣，长在眼睛下面，特别是眼角的看上去像眼泪的痣。

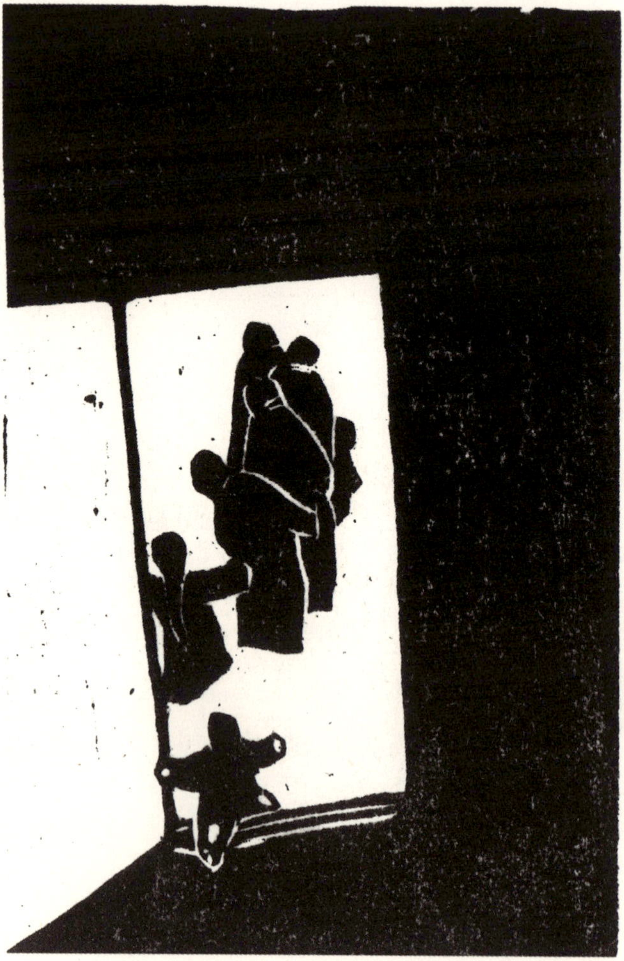

船夫的孩子

从桥上
往河里看
黑油油裸着的
船夫的孩子

在正午的驳船船舷边
一边空手翻跟头
一边说
"小姐　小姐
花给我"

向日葵
是奶妈给的礼物
给他
虽然舍不得

可终于还是
投出去
掷偏了
掉进水里了

飞快地　吐了吐舌头
船夫的孩子
一边空手翻跟头
一边说
"小姐　小姐
花给我"

牧场的姑娘

牧场的牛
五十又三头

牧场的篱笆桩
四十还三根

牧场的百合
今早看是七朵

牧场的姑娘
只有一个

话虽那样说啊脸上倒有
痣三颗

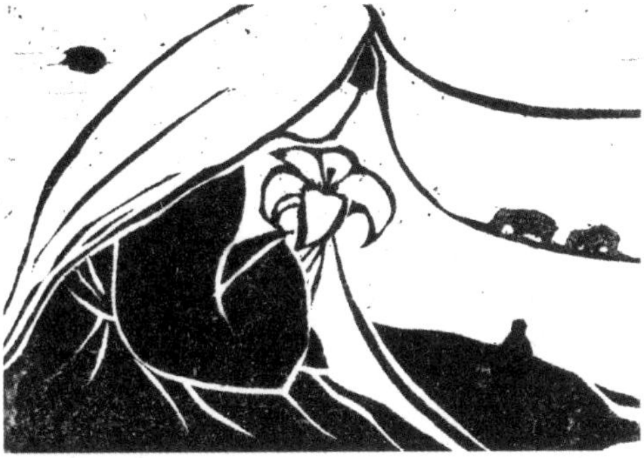

红色的猎装

天真好
穿红猎装的王子　笑眯眯
今天也把猎枪扛

想显摆漂亮的猎装
也想扣响漂亮的猎枪

可是往山里去就见不着人影
去城里呢又没有鸟

思量间呀扑哧扑哧
晚秋的阵雨落下来

今天又扛着猎枪
垂头丧气回来了　王子啊
穿红猎装的王子

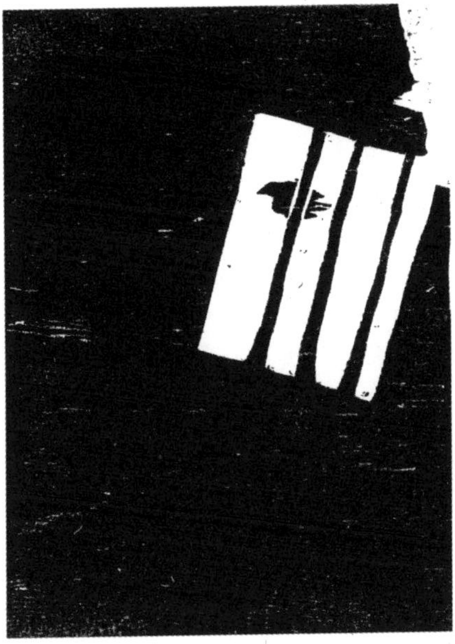

善爬树的太右卫门

噫喊 嗒喊* 太右卫门
噫喊 嗒喊 爬到无花果的
树枝上 天黑了

噫喊 太右卫门 这武士
在寺庙的廊檐下午睡
大刀小刀 被乌鸦抢去了

从山里 从竹林 从水田
走呀走呀心厌倦
出家把发削吧 一脸是思量

噫喊 赶紧地 太右卫门
噫喊 一根一根 只要把无花果的
树枝晃呀 月亮就出来

---

*噫喊嗒喊,此处为音译,是童谣曲名,也是该童谣的开首句。

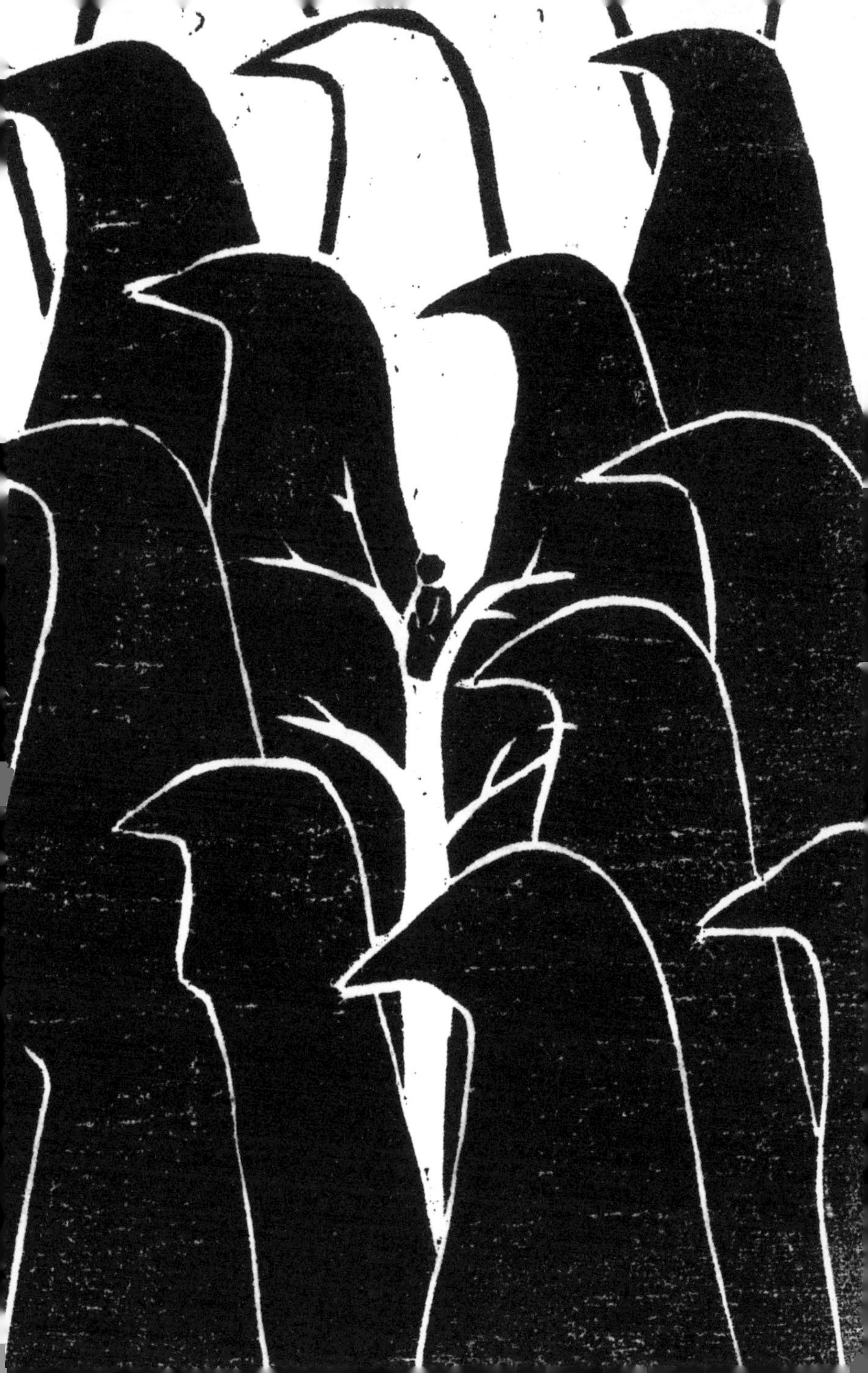

天与地

月 亮

月亮
你一个人吗
我呀也是
一个人

月亮
你在天上
我在有行道树的
草地上

月亮
你几岁
我七岁了
是孤儿

月亮
你要回去了吗
我也这就
去睡了

月亮
再见啦
明天晚上
再见吧

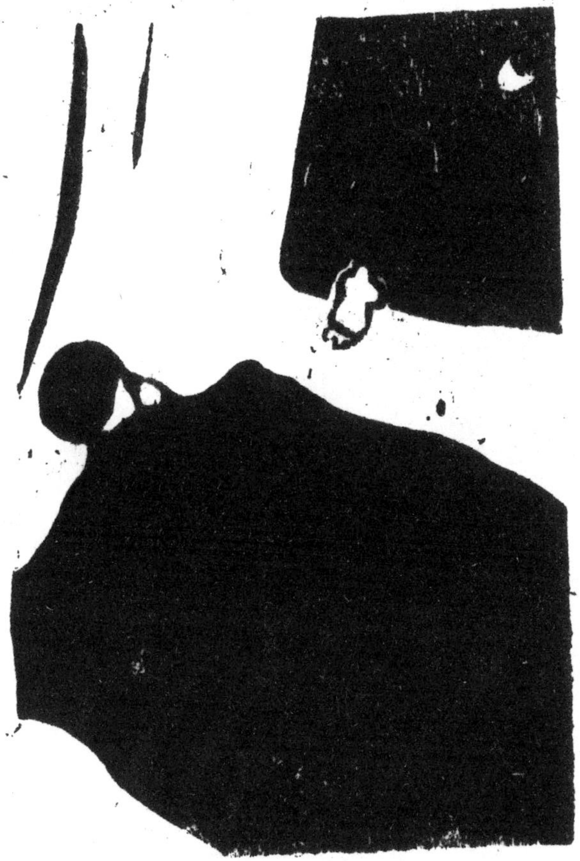

夏天的雨

夏天的雨
是坏雨
狠狠掷下
银的火筷子
把我的花坛
打坏啦

夏天的雨
是狡猾的雨
垂下了它的天蚕丝
去钓
池塘的红鲤

雪的信

沙啦沙啦沙啦
信纸卷过去
雪的信
真长呀

隔着深夜的
窗玻璃
甜菜地卷进去
小山上的树也卷进去

星星也藏了起来
真白啊
家这一带
都被卷进去

是写给谁的
信呢
雪的信
真长呀

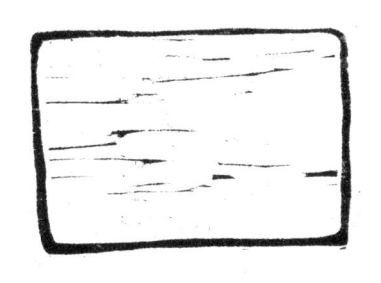

焰 火

焰火　焰火

是不是在荒野般
寂寞的天上　开了呢
这么想着看去呀

花瓣垂下了
花蕊上的花粉　散落开
转瞬消逝不见了

焰火　焰火

你是
院子里
昨天的罂粟吗

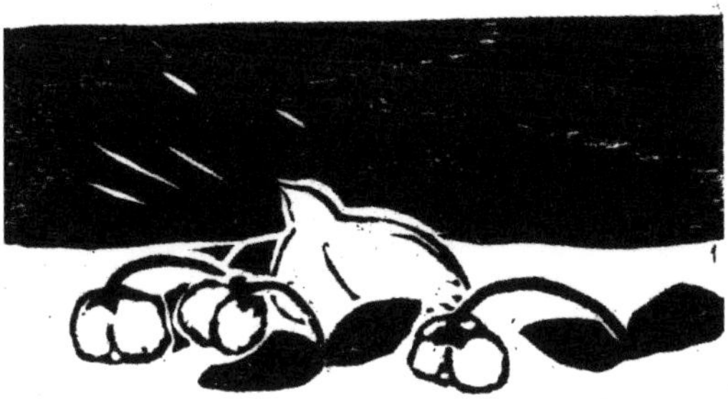

白天的月亮

白天的月亮
雪白的球
用穿红木屐的脚
踢呀 踢呀
踢飞它

飞起来 弹出去
飞过山岗 越过原野
跨过那海呀
到蓝天的深处

白月亮啊
夜晚来临前你都不要落
用穿红木屐的脚
踢呀 踢呀
来玩吧

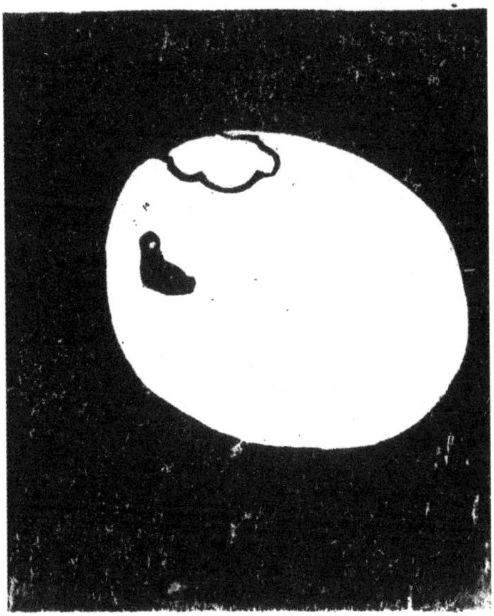

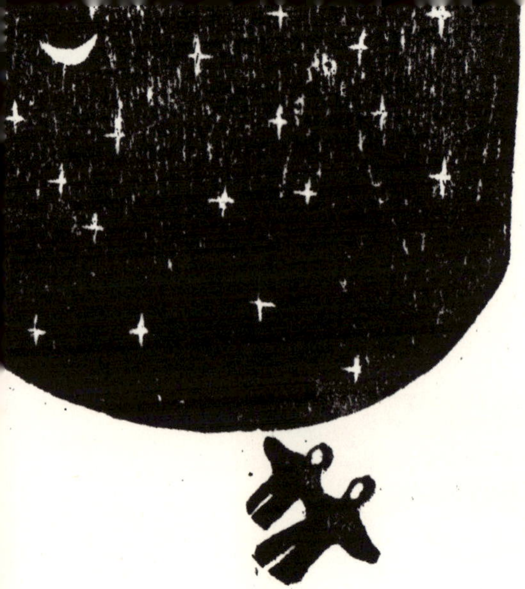

星星和草莓

红草莓
已经不再结果了
草莓田呀
多寂寞

这儿　那儿
到处找遍了
只有绿叶子上
风声响

红草莓
虽然找不见
可是夏天的晚上
多开心

和弟弟一起仰头
把天上
清澈明亮的
星星数

河边的黄昏

时而出水　时而入水
是河边的木桩
晚潮涨起了

时而出洞　时而进洞
是沙地上的蟹
芦苇叶子在晃着

时而藏起　时而露脸
是独自行着的
云缝里的月

时而进屋　时而出门
是茅舍门边
等孩子回家的母亲

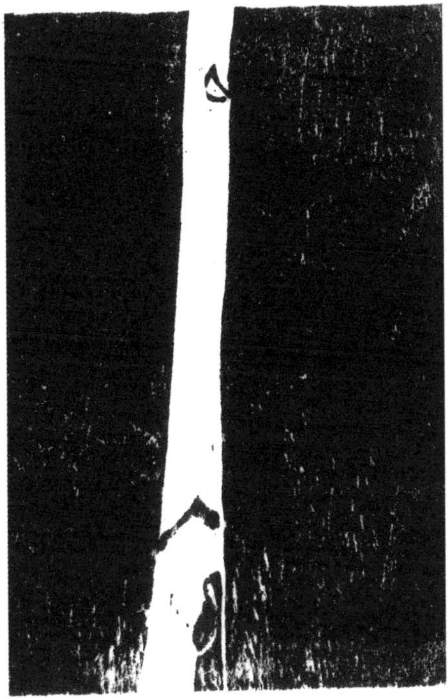

清书*

天上的清书
今夜得了满分*
圆圆的　大大的
月亮

天上的清书
今夜得了叉*
大雁斜斜
画着十字

---

*清书，誊写好的稿件。
*满分，此处指正确标识"○"。
*叉，此处指错误标识"×"。

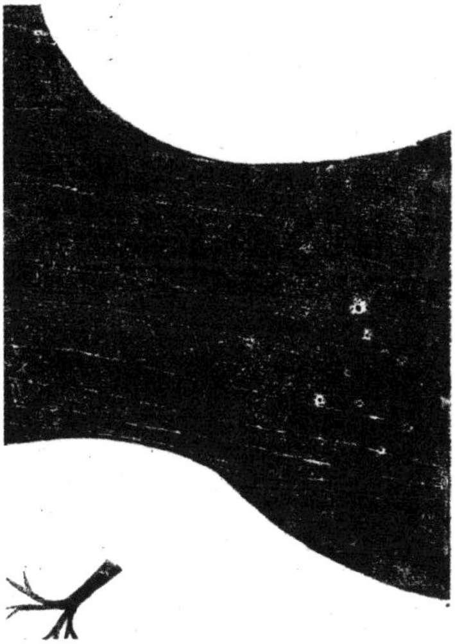

秋 风

秋天的风真开心呀
一听那秋风
就听到爸爸的声音
妈妈的声音

那是越过一望无际的原野和山丘
不远万里来的风呀
是燕子一样飞过了故乡的
大海来的风

真的　一听到你的声音
远远地　远远地　多亲切
就听到爸爸的声音
听到妈妈的声音

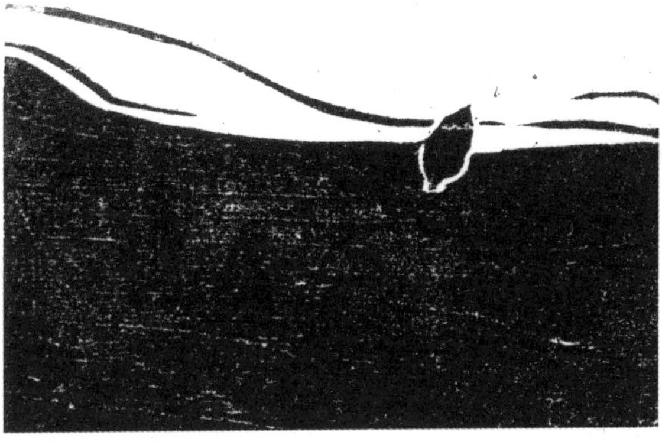

水 洼

水洼　水洼
草丛里的水洼
昨晚大雁照过身影吧
归去的大雁的影

今夜照着的是星星
映着　闪着光　微微颤

傍晚的水洼
草丛里的水洼

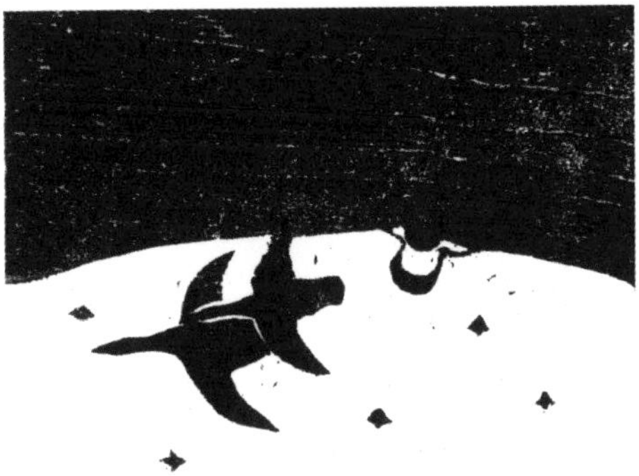

时 雨*

时雨小精灵呀
下到这儿来
手持金色的洋灯
步伐一致
在半夜
下到我的屋顶来

时雨小精灵
悄悄来看吧
金色的洋灯　火轻轻拧熄了
我和妈妈
睡得香
就透过那窗户玻璃　来看吧

---

*时雨，指晚秋小雨，或（秋冬之交的）阵雨，或与阴晴昼夜无关而下的过云雨。

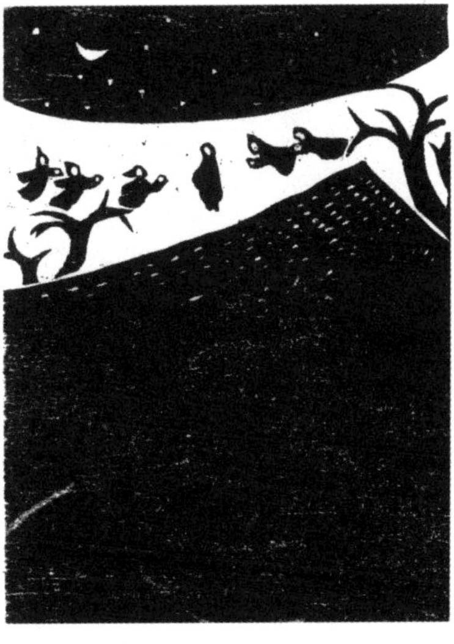

稻草人与海

稻草人
稻草人
稻田里的稻草人

生在山中
死也在山中
你想见一见
大海吧

稻草人
稻草人
稻田里的稻草人

昨晚扛着
去海边
把它立在了
海边沙滩上

到了半夜呀
海浪来
可爱的稻草人呀
这就消失得　影子也没啦

玩具、家具和食物

我们永远都是小儿,且不断追求新的玩具。

——法朗士

---

* 法朗士(Anatole France,1844—1924),法国小说家、文学评论家,1921年获诺贝尔文学奖,著有小说《波纳尔的罪行》《苔依丝》和《诸神渴了》,评论集《文学生活》等。

蜡人娃娃

蜡人娃娃香香甜甜
睡在暖炉上
门外刮着暴风雪

半夜　小小的主人想
蜡人娃娃很冷吧
给它披上了厚厚的红呢绒
放回暖炉上

蜡人娃娃开心地
回到睡梦中
天亮时分呀它已不见人影
熔化的身体也不知去了哪里

暖炉里的火就像花
门外刮着暴风雪

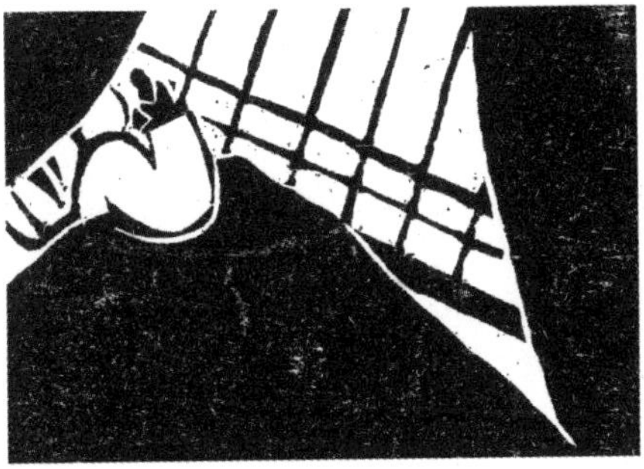

铅 兵

铅做的士兵
被弃了
在沟边
今天已是第三天

腿折了
还念着旧居
那从前生活过的
玩具盒

哎呀哎呀大声叫
大狮子狗
慢慢吞吞地靠近来
嗅着嗅着走近来

铅做的士兵
哭丧着脸
雪子沙啦沙啦
落下来

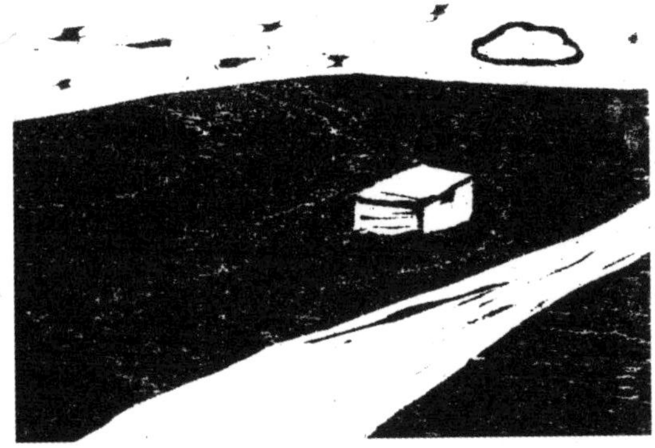

儿童椅

春日
暖洋洋
椅子店里
儿童椅们在排队
背挨着背排成行

什么样的孩子来买它
什么样的孩子坐上去
垂下腿来　轻轻啊晃

刚刷了清漆
蝴蝶也来停上面
椅子店里的
春日啊
暖洋洋

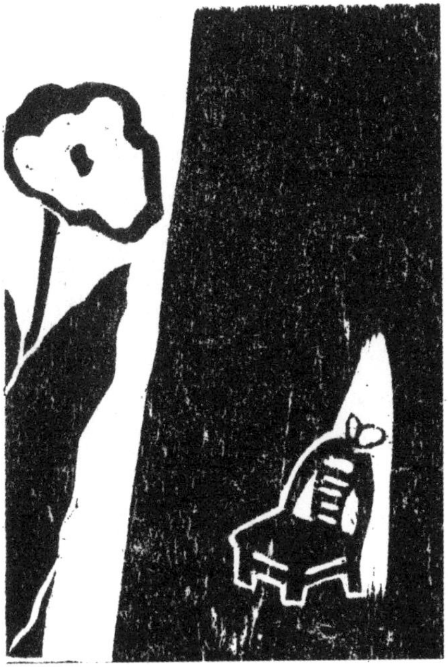

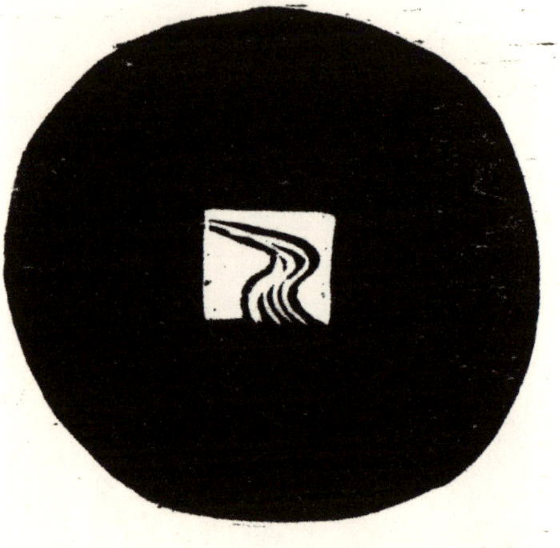

古银币

秋天夜长的
蜡烛光
在烛影里凝神看那
古银币
哩哩哩　虫子在叫

一脸严肃的
老人
是哪个年代的波斯的
国王
长胡子啊看去有些冷

是谁带着它
渡过海翻过山
到了
日本呢
黑黑的手垢也令人怀想

这长长秋夜
摇曳的灯火下
闪着光的异国的
古银币
虫在远处叫

梦里的偶人娃娃

偶人娃娃　偶人娃娃
昨夜的梦里的娃娃
被扭了脚
被拧了手
偶人娃娃
落在人都过不去的泥泞里
在哭泣

想起来了
是七天前
把娃娃给了
死乞白赖讨要的表妹
从那以后呀
它就不是我的了

多可爱呀　多可怜
还是抱着它睡了

要说从前的夜晚
忘不掉
昨夜的梦呀
最叫人放不下
一觉醒来呀多寂寞
偶人娃娃

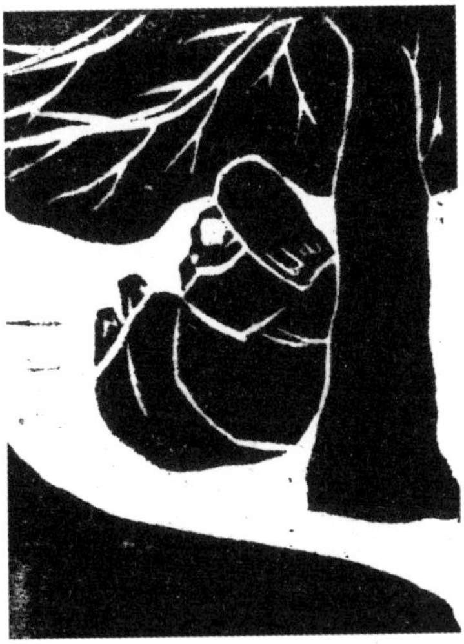

寂寞的旅人

穿黑裤子和长靴
每天每天在旅途
钟表的针啊　很寂寞吧

一点钟的山里走过树一棵
两点钟的林子走过树两棵
三点钟的谷间　经过树三棵
四棵五棵走过去
背阴处虽荒凉可是这当儿呀看到
白花盛开原野无边

约好了要去见谁吗
每天每天走不倦
钟表的针啊　很寂寞吧

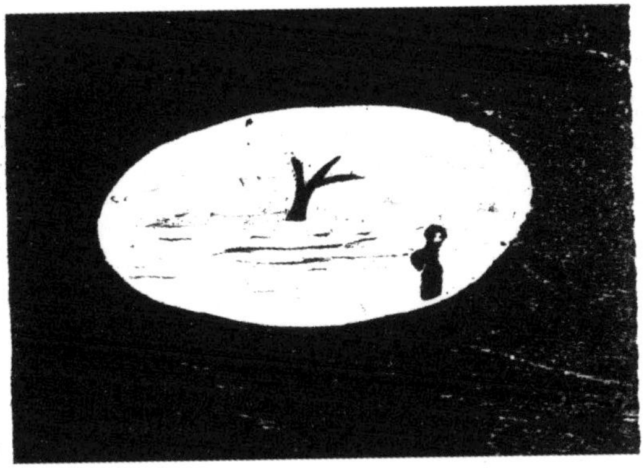

表针父子

时钟的针
是父子

走前面的
是父亲
黑黑高个子的
针父亲

跟后面七歪八倒走着
撵来的
是脚步滞重的
针孩子

今天的天啊
看去又像要下雪
却还在家人离散的
旅途上

表针父子
多寂寞

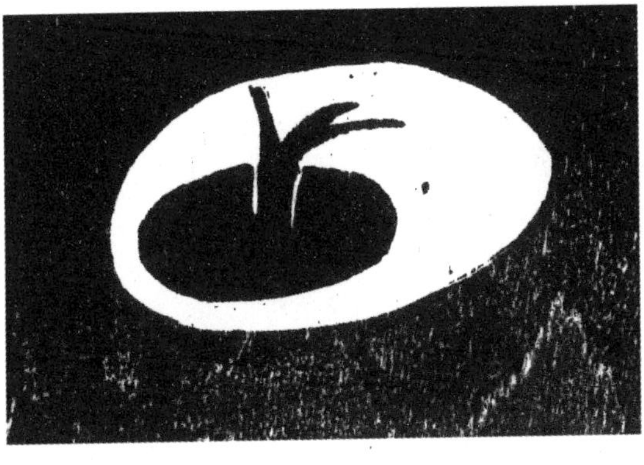

偶人的腿

妈妈　妈妈
草地上
有偶人的腿

穿着红裤子和长靴
是可爱的骑兵的一条腿
掉了　滚下来了

静静的夏天的
拂晓时分
是谁和谁打了仗

妈妈
绿草地上
有偶人的腿

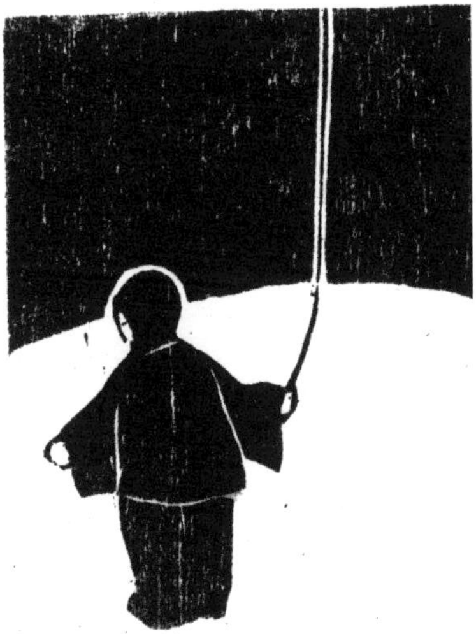

铅笔芯

铅笔芯
变细吧
削啊　削啊
变细吧

变得比初三的月*
细
比芦苇的穗子
细
比燕子的脚
细
比裤子的条纹
还要细

比早上的雨
细
比豌豆的蔓儿
细
比螽斯*的触须
还要细
直细得同香炉的烟
一起消失掉

---

*初三的月，新月，上半夜出现于西方天空，呈蛾眉形状。
*螽斯，昆虫，身体绿色或灰色，也称蝈蝈。

铅笔芯
变细吧
削啊 削啊
变细吧

雨夹雪的夜

雨夹雪的夜里
摸扑克牌
可爱的士兵杰克*不见了

戴着红帽子
提短剑
往哪儿去了呢　消失不见了

雨夹雪的夜里
寂寞地想着
那可爱的士兵的孤旅

---

*士兵杰克，指扑克牌中的J。

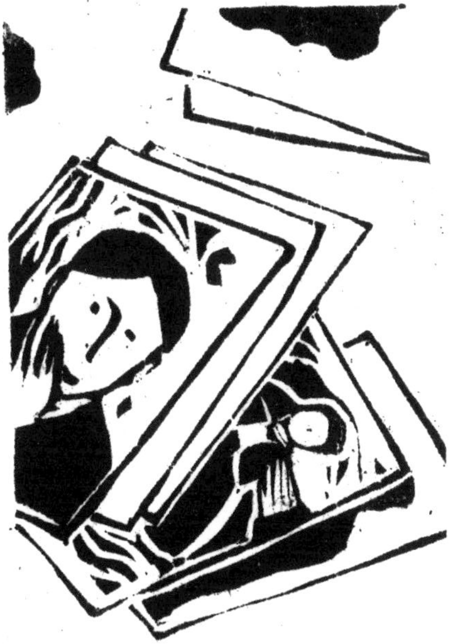

明信片

每次站到邮筒前
我都想变成明信片

这么瘦又这么苍白
虽是弱不禁风的模样

把妈妈的字背在背上
独自越过海和山

去那遥远的美国
见我想念的爸爸

一想起呀　就有力量和勇气
我想变成明信片

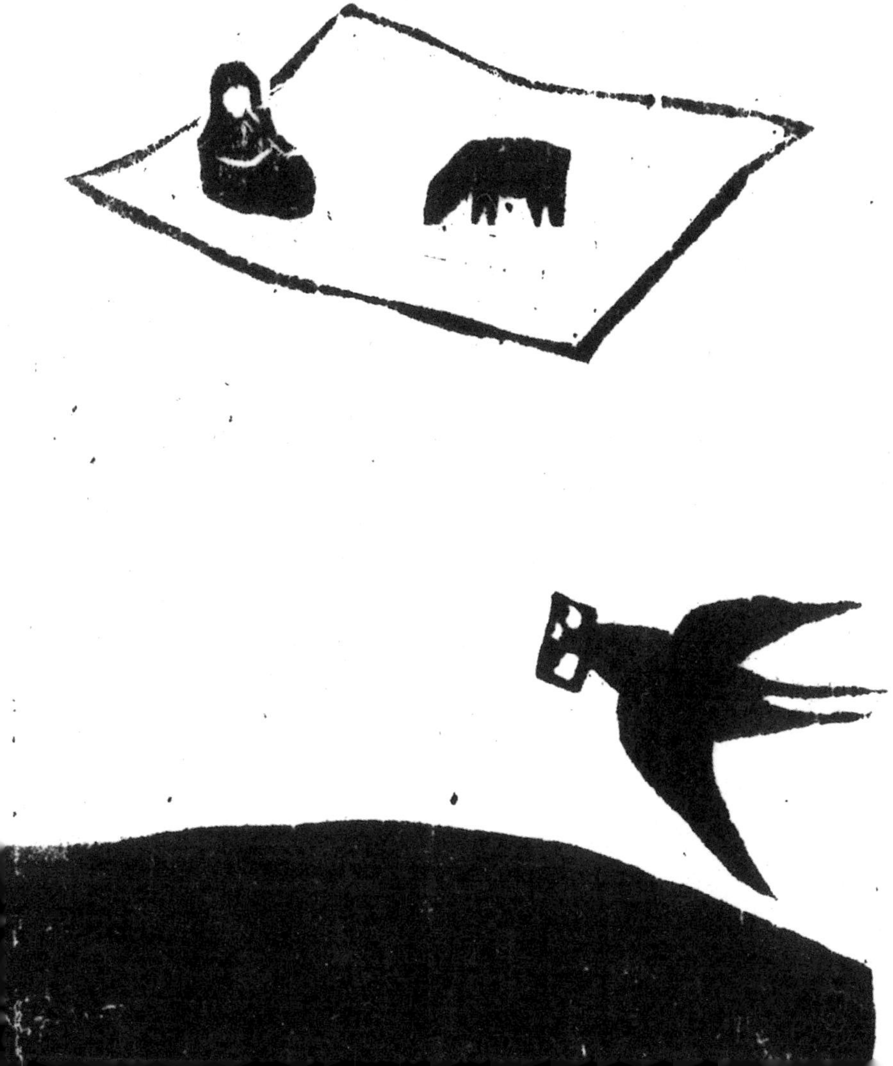

麦秸草帽

麦秸草帽　麦秸草帽
黄色的　新草帽
昨天落在哪儿的麦秸草帽

找啊找啊找累了　沙丘背阴处
眼巴巴地将那四周望
这儿那儿一望无际
落着黄色的草帽

要说想什么
想轻松又愉快
忘我地　把那蒲公英的
花儿摘——那麦秸草帽

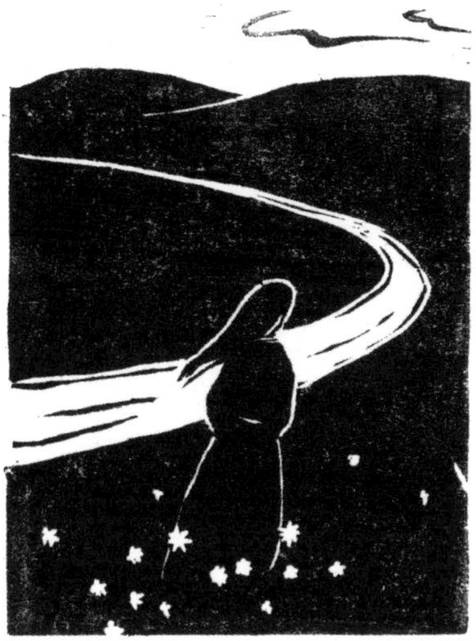

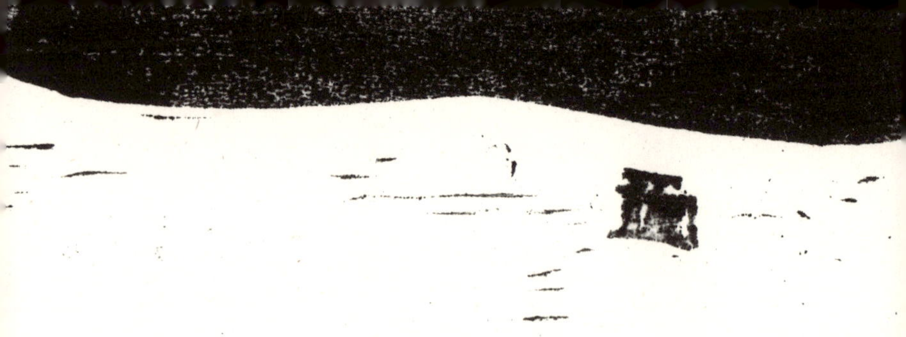

漂来的椅子

海边的
旧椅子
坏了的椅子

是谁
很久以前
坐过的

月夜的
海边
唯有风在吹

时而
有鸥鸟
落上去

钟表店的钟

砰——叮——哐——叮——铛——

柳树荫下
钟表店的钟

圆的和长的
椭圆的　六角的

黑的和白的
绿的与褐的

虽然形状不一
颜色各异

可是听到午炮*响呀
就都齐声叫

砰——叮——哐——叮——铛——

---

*午炮,日本明治时代至昭和初期报告午时的信号炮。

丢失的铅笔

后门口
朴树上的
大嘴鸦
知道我的铅笔在哪儿吗

昨天
丢了
找不到了
我的铅笔　看到吗

戴着银冠
系红缨
有王子一样的脸
可爱的铅笔　知道它在哪儿吗

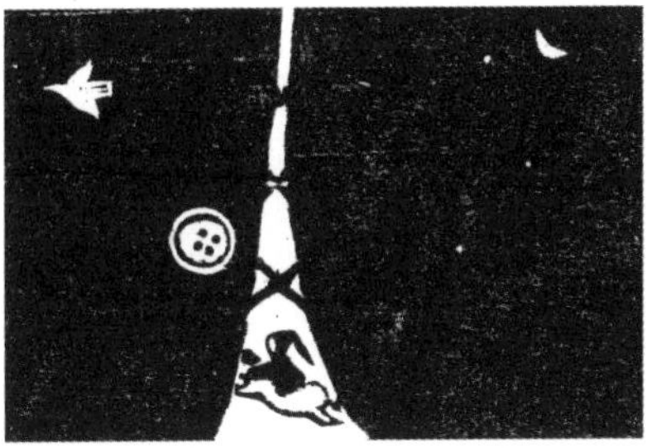

大球小球

大球　小球
玩具店的货架上
一溜儿排着
橡皮球

什么时候看都
彬彬有礼
肩靠着肩在排队
球大人和球小孩

今天又来偷偷看呀
第三个不见了
是谁买了它
我想要的那皮球

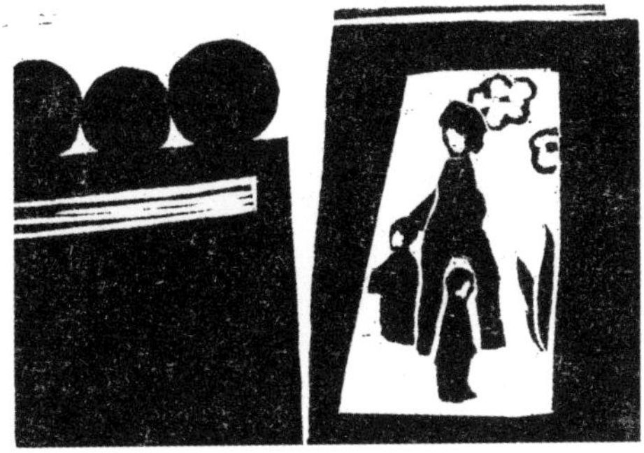

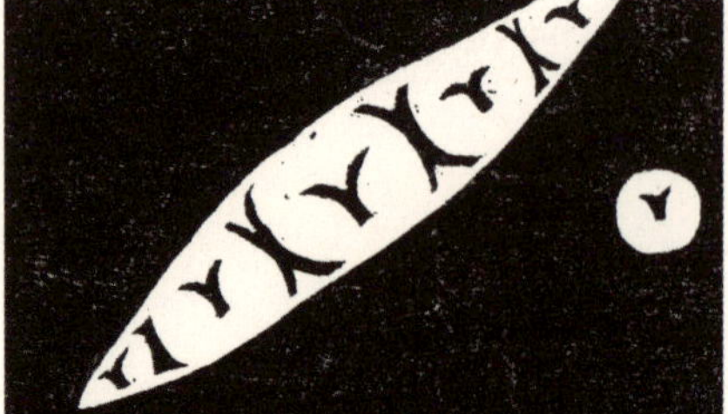

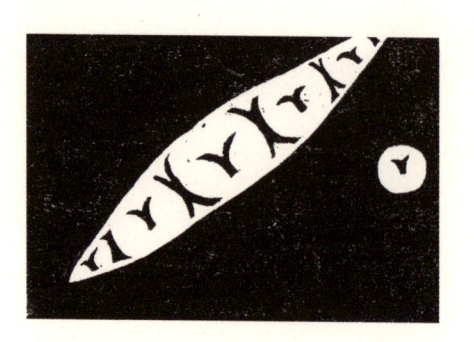

亲亲密密

亲亲密密的
早上的面包
胖乎乎的姊妹兄弟
一斤* 二斤
紧紧贴一起
不切呀就不分离
亲亲又密密

亲亲密密的
豌豆荚儿
荚里面
父母孩子五个人
排成一溜儿
不吃呀就不分离
亲亲又密密

---

*斤,日本的面包用斤或本(根)计数,"斤"是重量单位,一斤不能低于340g。

盘中的祭祀节

盘子的
正中间
在办祭祀节

金枪鱼的
寿司
穿着红半缠·
蓝色
西装的
是青花鱼寿司

海苔卷们
是竞技的
头扎手巾的人

芥末的
花车
这就拉过来

盘中的
祭祀节
多热闹呀

·半缠,和服外衣,与和服罩衫相似但长度较短,是没有翻领、腰带和胸带的和服。

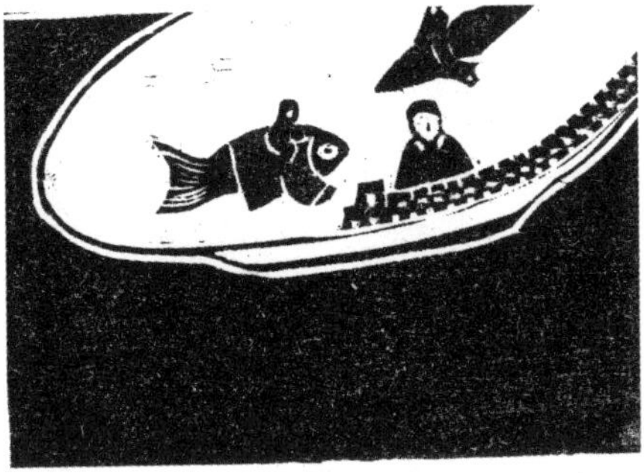

点心火车

哐当哐哧　哐当哐
点心火车开动了
车罐是圆圆的包子
黑铁轨用了棒棒糖

哐当哐哧　哐当哐
点心火车开得急
长长的烟囱　是乳脂糖
连接的车厢是巧克力

哐当哐哧　哐当哐
点心火车鸣响汽笛
它缓缓驶入的隧道
是张得大大的　狗的嘴

---

*乳脂糖，也叫糖人糖，17世纪由葡萄牙传入日本的糖果，在蜜糖里加麦芽糖制成。

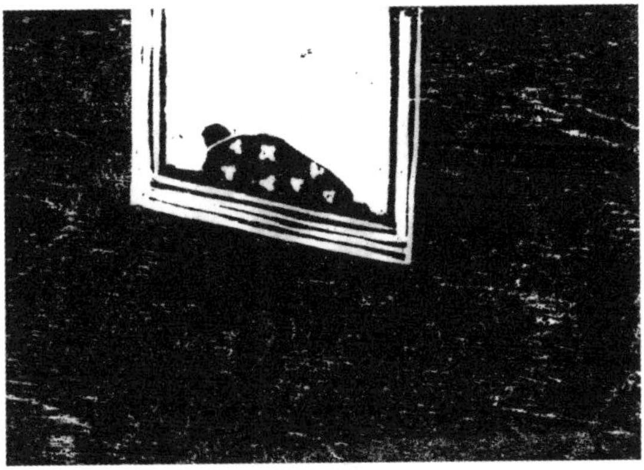

谜 语

谜语(一)

黑色的
是白天的葡萄叶
白色的
是月夜的芦苇穗

葡萄的下面
松鼠睡着了
芦苇的穗荫下呀
住着那野鸭

敲一敲叶子
发出松鼠安静的声音
摇一摇芦苇穗呀
野鸭在月夜里啼鸣

(钢琴)

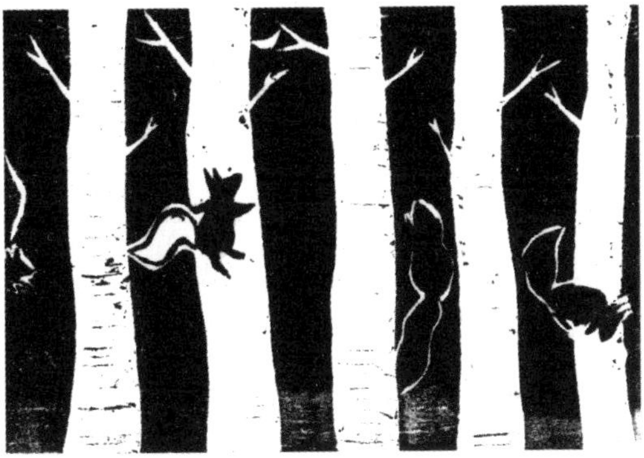

谜语（二）

早上看时
是黑乌鸦
缩着翅膀
怕冷一样地
埋在灰里
一声也不叫

中午再看
是红乌鸦
不知什么时候
穿上了红袈裟
一脸正经
在念佛

夜里找去呀
是白乌鸦
满头银发
一副衰老的模样
终于倒下碎掉
成了灰

（火钵里的炭）

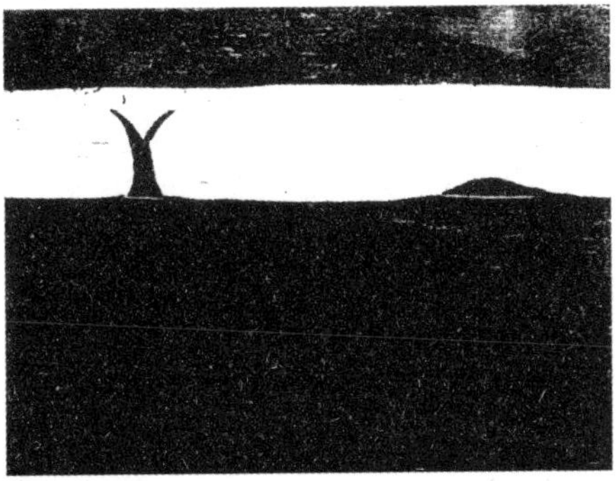

温柔的歌

如四岁小儿般聪敏吧。

——叶芝

叶芝（William Butler Yeats，1865—1939），爱尔兰诗人，剧作家。1923年获诺贝尔文学奖，著有诗集《乌辛漫游记及其他》《塔楼》《回梯及其他》等，诗剧《鹰泉》等。

灰 尘

眼睛飞进灰尘了
擦啊 擦啊 还是擦不掉

倚着后面的墙根
隔壁大伯来问了
"哥儿 你被父亲骂了吗"

出去门前大路上
对面的姐姐来问了
"哥儿 哪个欺负你了吗"

谁也不知道我的眼中
擦了又擦 灰尘还是擦不掉

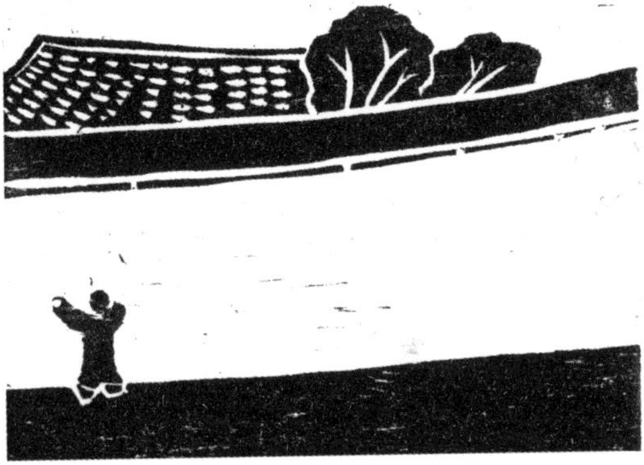

来呀 来呀 来呀

来呀 来呀 来呀
隔壁的孩子
这样大声喊

从里面急急地
跑来一条狗
可孩子还是喊
来呀 来呀 来呀

廊檐下三花猫
飞奔过来了
可是孩子依旧喊
来呀 来呀 来呀

到底在喊谁
向那隔壁的孩子一打听
"我喊的呀 是新年"

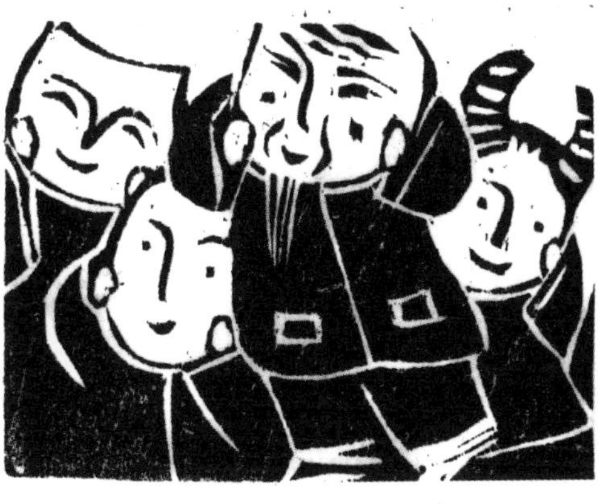

帽 子

买了一顶大帽子
一个人戴呀太大了

爸爸 妈妈 都来吧
一家人戴它还是大

没有家的人都来吧
大伙一起戴啊还是大

大象、鹦鹉和企鹅
你们也都快进来 来这春天的城里
开心地转

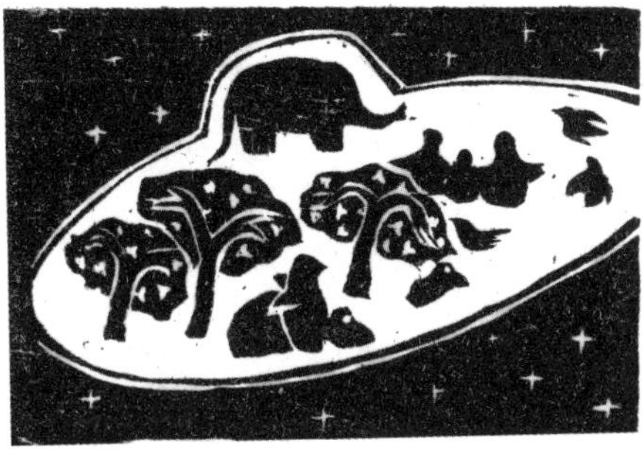

回家路上

前面大路上
有爱恶作剧的坏小孩
后边的小巷呀
有狮子狗

天暗了
我一个人
怎样才能
回到家

正想该怎么办呀
就被妈妈
喊走了
那恶作剧的坏小孩

追着戴红项圈的
三花猫
那狮子狗
也跑走了

好啦好啦放心了
回去吧
赶紧儿地快快
回家去

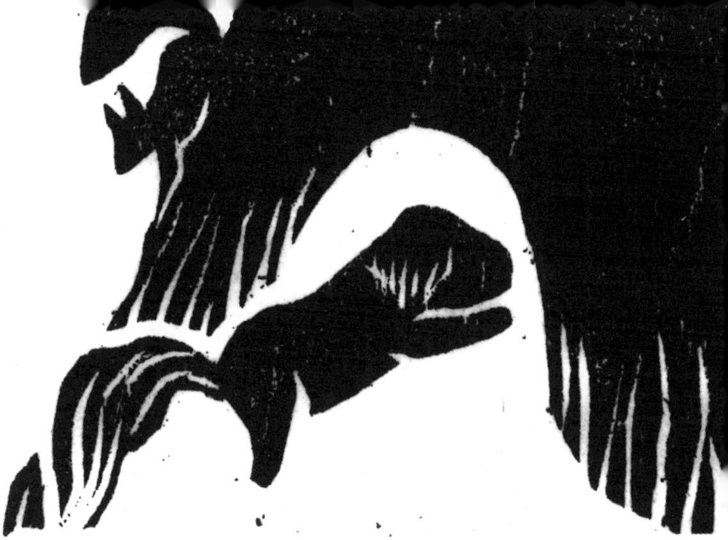

白天事件

汪汪* 慌忙忙地
跑过来
喵喵* 急急
逃走了
绣眼鸟也停住了
它的歌

静悄悄的中午
出事了
是吵架
还是火灾呢

不是不是 大门外
汽车
大声叫着
开去了

---

*按原文音译,汪汪指狗,喵喵指猫。

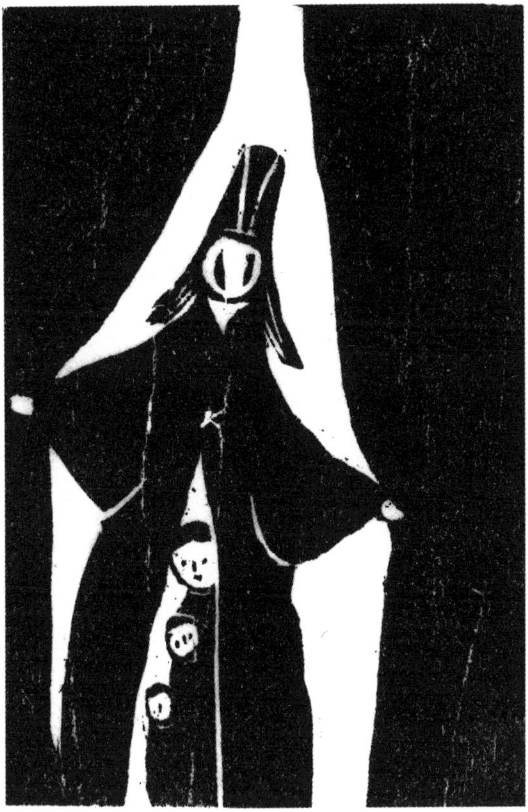

写 信

沙沙下小雪的晚上
大家一起来写信

妈妈要写给的是奶奶
乡下的硬朗能干的奶奶

哥哥写给的是朋友
"后天一起打扑克吧"

我写给的呀是老师
"时逢年末　谨致问候"

屋里暖暖的
大家的心里也暖暖的

沙沙下小雪的晚上
在暖炉上写信

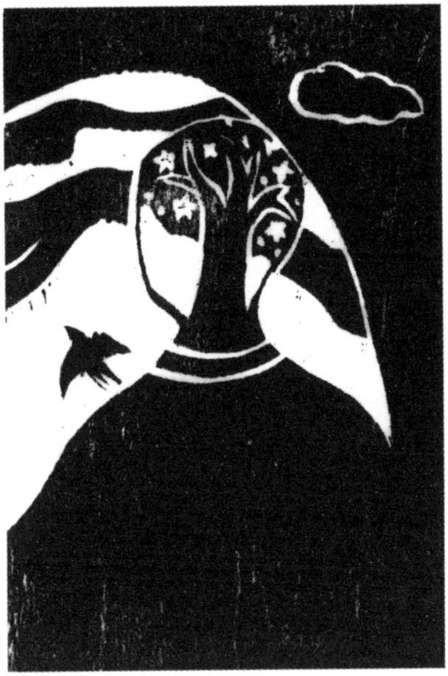

译诗集

孩子与老鼠

(劳伦丝·阿尔玛-塔德玛[*])

院子里的花很开心
是因为有蜜蜂在
蓝天上的云很开心
因为一直都有天使在
可是 在城市的家里住
孩子和老鼠啊多寂寞

---

[*] 劳伦丝·阿尔玛-塔德玛（Laurence Alma-Tadema,1865—1940），现代英国女诗人，著有诗集《未知国王的王国》。

院中

(劳伦丝·阿尔玛-塔德玛)

斑鸫*的窝落下来
从墙上的爬山虎上落下来
蓝色的鸟蛋骨碌骨碌
摔下来呀全破了

傍晚听到歌声
听到说"再怎么哭啊也是徒劳"
我们于是止住哭泣

斑鸫还会再筑巢吧

---

* 斑鸫，鹟科候鸟，秋天从西伯利亚成群飞至日本。

云雀与金鱼

（劳伦丝·阿尔玛-塔德玛）

云雀哟 高高飞着的云雀
不管什么时候你都不倦吗
飞到寂寞的天上时
会不会觉得云了不起
偶尔有没有想 变成那海里的
沉默的金鱼

金鱼哟 海深处游着的金鱼
你有没有伤心事
被凉凉的波浪触到时
你有没有心生欢喜
时而会不会想生出翅膀
变成云雀尽情歌唱 在那辽阔的天空里

要是谁都不来娶我

(劳伦丝·阿尔玛-塔德玛)

要是谁都不来娶我当新娘
——很可能是那样啊
奶妈都说我长得丑
还说我不听话

要是谁都不来娶我当新娘
——不过也没关系啦
我会买一只装在笼里的松鼠
和一个小小的兔子窝

我在森林边做一间房子
养一匹 就我一个人骑的小马
还有一只可以牵去城里的
漂亮的 温驯的小羊

然后 等我真的成了大人
——哪 等到二十八二十九岁——
我就买一个小小的没有爹娘的女孩子
当亲生的养

进军之歌

(罗伯特·路易斯·史蒂文森*)

带来你的梳子弹响它!
喂喂 快前进!
伊利歪戴着帽子
乔尼把鼓敲

玛丽和简是指挥官
彼得殿其后
齐步走呀不大意
大家都是近卫兵!

军纪严明快步走
向前进啊 手杖顶上
抹布做的旗帜
高高在飘扬!

名誉和战利品都很多
指挥官简得了大功名!

村中团团转一圈
哎呀哎呀 回家啦

---

*罗伯特·路易斯·史蒂文森(Robert Louis Stevenson,1850—1894),19世纪后半叶英国伟大小说家,诗人,英国浪漫主义代表作家之一,著有《金银岛》《化身博士》等。

歌

(罗伯特·路易斯·史蒂文森)

小鸟　歌唱花斑的鸟蛋
歌唱藏在树枝间的巢
水手唱着海上的船只
它们的缆绳与工具

遥远的日本的孩子在唱
西班牙的孩子也在唱

人家弹着的手风琴
在细雨里唱

床做的船

(罗伯特·路易斯·史蒂文森)

我的床是小小的船
奶奶呀帮着来起航
穿上船工的衣裳
把船往漆黑的夜里使劲儿搡

一句"晚安"
是船离岸时的道别话
随后紧紧闭上眼呀
什么也听不见 什么也看不着

船工很周到
拿到床上来的
有一小块当贺礼的点心
还有时候呀是玩具两三个

一整夜都在黑暗中划着转圈
不知不觉呀早晨天亮
在熟悉的房间的码头
床做的船 还和从前一样

玩具娃娃

(克里斯蒂娜·乔治娜·罗塞蒂*)

钟在一齐鸣响
鸟在一齐歌唱
莫利在坏了的玩具娃娃旁
坐着哭

哦　傻莫利呀
你在坏了的玩具娃娃旁
抽抽搭搭哭的时候
钟在一齐鸣响
鸟在一齐歌唱

---

*克里斯蒂娜·乔治娜·罗塞蒂（Christina Georgina Rossetti，1830—1894），19世纪英国著名女诗人。英国拉斐尔前派最重要画家但丁·加百利·罗塞蒂（Dante Gabriel Rosseti，1828—1882）的妹妹。

风

（克里斯蒂娜·乔治娜·罗塞蒂）

有谁见过风吗
我和你呀都没有
可是树叶儿轻颤
风穿过去了

有谁见过风吗
我和你呀都没有
可是小树林俯首鞠着躬
风走过去了

樱 桃

（克里斯蒂娜·乔治娜·罗塞蒂）

妈妈摇樱桃树
苏珊接住那果子
那样的时光呀多有趣
那样的时光多愉快

一个给哥哥 一个给姐姐
剩下两个给妈妈
给爸爸的呀是六个
汗也不擦就去敲门啦

骑马的人

(沃尔特·德·拉·梅尔*)

听到骑马的人
走过山岗的声音
月光明亮
夜晚多么静
头盔是银的
脸很白
他骑的马呀
是象牙马

---

*沃尔特·德·拉·梅尔（Walter de la Mare，1873—1956）英国诗人，小说家，优秀的儿童文学作家。

猪与烧炭人

(沃尔特·德·拉·梅尔)

大猪　把小猪叫拢来
"森林里有好多蘑菇
板栗儿满地骨碌骨碌
都跟俺后面来呀
如此这般　快快跟着来"

烧炭的男人　在树荫下　拇指
摁着下巴在看
看大猪小猪哧溜哧溜
蹿到林中来

烧炭的男人呀在绿叶的树枝下
猪呀咕嗤咕嗤打着响鼻
窸窸窣窣在地面
嗅去又嗅来

肚子滚圆的猪们
出了林子　身后是夜空繁星
烧炭的男人呀两手托腮
一动不动看着火光暗淡

风铃草*

（沃尔特·德·拉·梅尔）

是风铃草和风的事
小精灵们　围成圈儿在跳舞
听得到一旁呀
小小的红鹟在歌唱

再说樱草*和露珠的事
小精灵们　一齐飞跑过去了
身后的草地呀闪着光
唯有红鹟在鸣唱

---

*风铃草，风铃草属植物的一种，高约 80 厘米，初夏时开紫色或白色的钟形大花。
*樱草，报春花科多年生草本植物，花高 15~30 厘米。叶丛生，长于山野。

衰老的士兵

(沃尔特·德·拉·梅尔)

衰老的士兵走过来
说 只把面包皮给我吧
战争让他瘦得皮包骨
那是理所当然 四海为家呀南征北战
发——啦——哆——啦——咚——

鼻子尖耸 脸颊塌陷
下巴上的胡子生得刺扎扎
火药 枪弹 刀伤和鼓
一齐攻向他呀
发——啦——哆——啦——咚——

如今是五月啊 快乐的春天
不管哪里的枝头都开满花
吃完了面包呀士兵唱
唱那不变的从前年轻时的歌
发——啦——哆——啦——咚——

猎 人

(沃尔特·德·拉·梅尔)

三个笑眯眯的绅士
穿着红上衣
翻身上马
到我的床上来

三个笑眯眯的绅士
鼾声一响睡到大天亮
马儿们吃的
是黄金的麦

三个笑眯眯的绅士
拂晓时分下床去
咔哒哩咔哒哩下台阶
不知道去了哪里

中国摇篮曲*

鼹鼠*爬上蜡烛台
想咬灯芯爬到了梢尖尖
上是上了呀下却下不来
怎么办啊放声哭
哭声震天能把全城的人喊起来
妈妈妈! 妈妈妈!

---

*此篇为民间童谣。
*鼹鼠,鼠科小动物,体长约7厘米,灰黑色或灰褐色,栖于房屋及四周的耕地中。

天黑了

(圣·卡卢莱*)

孩子　天渐渐黑啦
家的四周暗下来
月亮一出　小孩子嘛
就要乖乖睡的呀

孩子　羊回来了
叫着叫着回了草屋啦
轻轻闭上你的蓝眼睛
小孩子嘛　就要安安静静睡的呀

孩子　你做梦吧
梦河岸上的雁来红*
梦树梢上唱歌的可爱的鸟
小孩子嘛　就要做着梦睡的呀

孩子　睡吧睡吧别害怕
做噩梦的时候呀
就念那守护你的神
小孩子嘛　就是那样睡的呀

---

*作者名为日文译名的音译，日文译名为：セエ·カルツレエ。
*雁来红，苋科一年生草本植物，原产印度。

后记

本集基本收录了我迄今所写的全部童谣。

童谣创作须满足两个条件，其中之一是它要有诗本身的香气，另一点则是要满足低幼龄儿童喜欢吟诵的特点。童谣创作有时被认为比普通诗歌的创作更难，究其原因，也是因为必须要满足上述两个条件，不管天平往哪边倾斜，其结果不是尽失艺术香气，就是会变成儿童完全不感兴趣的东西。

大正七年（1918年）以来，我即在以上纲领的指导下为童谣创作努力着，然而一想到结果，却又不由觉得羞愧。

下面所记录的，是在本集编纂过程中，对收纳于此的这些童谣的一些随想，也许应该将它们称作"备忘录"或"小提要"。读者若对此有些许的兴趣，或者多少能有一些参考价值，我将不胜荣幸。

我构想的这个童谣观，在与本书同社发行的《童谣作法》一书中也有述及，可一并来看。本集中的部分诗歌由山田耕作、弘田龙太郎、本居长世、成田为三、草川信、中山晋平、大和田爱罗、寺崎浩等谱了曲。

思慕与追忆

《笔头菜》所吟唱的是一到春天,我心中就会苏醒的幽远的记忆,是时间地点都不确定的、到底是现世经验还是前世之事都无可判断的奇怪又深切的记忆,而我却总觉得,怀着类似感动的并非我独自一人。

《敞篷马车》则以象征手法歌咏了随岁月推移而被寂寞埋葬的人间的希望和约定。

《山的母亲》,在年幼卧床的那段时间,我常常做那样的梦,并且即使在醒来的时候,也总觉身旁的母亲并非自己真正的母亲,真正的生母一定藏在一个遥远的未知的地方,这奇怪的感觉常让我回味良久。对这看不见的母亲的思慕之情,直到如今成年后,还日夜在我心中悲伤地燃烧。换言之,这首童谣不仅是我的追忆诗,同时也是摸索宏大的宇宙之母,至今仍在怀疑的歧路上彷徨的,我的精神生活的一个寂寞象征。

《老港口》描写了对疲惫的成人世界表达厌倦的、活泼的童心。

未知的世界

《点心做的家》,不管这人世的风如何荒猛和冷,为了可怜的孤儿们,一定要有一双看不见的手,在什么地方为他们建起一个温暖的充满爱的家。这一组,是给予有着凄惨命运的孩子们的慰藉之歌。

《魔术》，歌咏了儿童自由自在飞翔的想象力。《白色的小艇》也是同样。

《巨大的帽子》，我们不能如以前的蚂蚁、螳螂、鸽子和猎人的寓言所说的那样，忘了在我们背后窥视着的更大的生物。这一首描写的是那个世界的些许状况。

鸟之歌

关于写作《金丝雀》这首的心情，我在《诗的品味法》一书中曾有描述。这首诗，在动物保护之歌这样的一般性解读后面，还有一个从前某一时期的苦闷的我。"忘了歌的金丝雀"，说的是当时我远离了自己的诗，入了尘世歧路、争取锱铢之利的可怜相，想着也许能用它来鞭策这愚钝的小禽；那温柔制止的母子间的对话，正是回荡在我自己心里的烦恼自责的声音。即使现在，我走在路上，从可爱的孩子们口中听到这首诗的时候，依然感到寂寞，回想起当时的生活不由潸然泪下。《黄昏》一首，也从同一时期的同样心境中衍生而来。

《老鹰摇摇晃晃》则歌咏了禽类与人之间美好的互爱。

花与草木

《玫瑰》大约是我最早投寄给《赤鸟》杂志的

童谣。我用忘在船中的红玫瑰意欲暗示"真理"，而将获得它的人设为盲者，则是对我自身寂寞的反讽。

在《巨大的百合花》中，我不断地用它来象征我们遥远的理想。

《脚掌》写的是这宇宙中的山川草木之一种，可称为神的象征，是在泛神论观念下写的。红色美人蕉花荫里依稀见到的，与妈妈长得很像的白的脚，它是住在一片草叶上的神，神所显现的一部分。

孩子的生活

《争山头》写的，不单单是傍晚孩子们离去后寂寞的野地，更想暗示在人类无端的争斗结束后，占领这世界的自然之静谧。

关于《玩具船》这首，我曾在某处这样写道："孩子总会在出其不意的时候突然想起点什么来。"小雪纷纷落在窗上的安静冬夜，倚在母亲膝头的幼儿，会想起已过去了的那个夏天的、忘在河滩上的红帆船玩具，幻想那船漂啊漂啊，或漂到堰堤，或漂到青绿茂盛的芦苇丛中，想象它坏掉了、半沉的模样。这幼时的短暂记忆，同样不仅存在于我们的少年时代，还存在于如今已为人父母的我们的心中，时常一触就浮于眼前，使我们忙碌的身体得以与那纯真甜美的梦有片刻的联结。

我的家人

《捶肩》这首，于我个人而言有难忘的记忆。大正十二年（1923年）秋，经历了四年的短暂人生，我的孩子慧子离我们这个温暖的家庭而去了。我为《幼年的友》写的这首诗，是慧子生前格外爱诵的，常常"妈妈 来给你捶肩吧 / 嗒咚 嗒咚 嗒咚咚"不住口地唱。一听到这首诗，她皴裂的红脸蛋和聪慧的眼就浮现到我的眼前。

天与地

《白天的月亮》，它歌咏的也是幼童无边无际、自由自在的想象。

译诗集

《孩子与老鼠》的作者劳伦丝·阿尔玛-塔德玛女士是现代英国闺秀诗人，诗集《未知国王的王国》*Realms of Unknown Kings* 的著者。我喜欢她的童谣，它们在表现孩子的小小的懊恼哀愁这点上很有特色。

《进军之歌》的作者罗伯特·路易斯·史蒂文森是人尽皆知的英国诗人，童谣集《孩子的诗歌乐园》*A Child's Garden of Verses* 的著者。他的童谣多表现儿童的好奇心。

《玩具娃娃》的作者克里斯蒂娜·乔治娜·罗

塞蒂女士是拉斐尔前派[*]画家、诗人但丁·加百利·罗塞蒂的妹妹。她的童谣集中有可吟唱的谣曲(Sing-Song)，这些谣曲多充满典雅温厚的母爱。

《骑马的人》的作者沃尔特·德·拉·梅尔是现代英国诗人，有童谣集《童年的歌》*Songs of Childhood*、《孔雀派》*Peacock Pie* 等。那些诗极富梦幻色彩，让人如见月光下的玫瑰。

西条八十
（大正十二年十二月）

---

[*] 拉斐尔前派，指1848年在英国兴起的艺术革新运动，由罗塞蒂、亨特、米莱斯等发起，追求拉斐尔以前的意大利文艺复兴初期绘画的朴素而逼真的画风，提倡对自然的强调和采取装饰性的要素。

译后记

西条八十，1892年出生于东京都，日本诗人，作词家，法国文学研究者。"八十"这名字并非笔名，据说是因为其父母期望儿子的人生"无苦"——日语中"苦"与"九"同音，因此——跳过九便成了"八十"。

西条家是新宿大久保町一带的大地主，八十的父亲做肥皂设计，也卖肥皂，很是赚了些钱。可是父亲死后，家道就没落了。西条八十上早稻田中学的时候曾随英国人学习英语，后来毕业于早稻田大学文学部的英文科。

在校期间，西条八十即与日夏耿之介*等创刊发行同仁杂志《圣杯》，并加入了三木露风*的《未来》杂志。1919年，西条八十自费出版了第一本诗集《砂金》，确立了在日本诗坛的象征派诗人地位。1924年，八十留学法国索邦学院*，与法国象征派诗人保尔·瓦雷里*交往从游。瓦雷里上承波德莱尔、兰波，是后期象征主义的大师。由此，

---

*日夏耿之介（1890—1971），日本诗人，英国文学研究家。早稻田大学教授。创立被称为"哥特浪漫体"的神秘而超脱世俗的象征诗体。有诗集《转变颂》《黑衣圣母》，诗史《明治大正诗史》等。

*三木露风（1889—1964），日本象征主义诗人，着重描写阴郁的意象。著有诗集《废园》《白手猎人》，童谣集《珍珠岛》等。

*索邦学院，根据法国旧学制设立的巴黎大学文、理两学院的通称。

*保尔·瓦雷里（1871—1945），法国象征派诗人。代表作有《旧诗稿》《年轻的命运女神》《幻美集》等。

也可联想到另一位日本同时期诗人山村暮鸟，山村暮鸟是作为先锋诗人崭露头角的，同受波德莱尔等人影响。所谓诗风虽是个性，但这些共同点，也正体现了"大正春天"自由、崭新、意气风发的时代风貌。

1926年归国后，西条八十担任了早稻田大学文学部文学科教授。二战时担任过日本文学报国会诗部会的干事长。

同时，八十也是一位创作颇丰的童谣作家。纵观八十童谣，每一首都有独立结构，或叙事清晰完整，或色彩鲜明又不乏日式典雅，一如画面帧帧、散着"诗意香气"的小令。而这又非小情小调，他的野心，在其后记中可窥一斑。

1918年（大正七年）创刊的儿童文艺杂志《赤鸟》曾发起"大正童谣运动"，该运动以追求自由民主为宗旨，希望培养孩子的美丽想象与情感，影响颇为广泛。八十在《赤鸟》发表了大量童谣，其中有作品《金丝雀》，洗练幻美，被称为"日本最早的艺术童谣"。西条八十因此与北原白秋*并称为大正时期童谣诗人的代表。

说到大正童谣不得不说的另一位，是如今几乎已家喻户晓的金子美铃。说起来，西条八十于金子美铃，正是"星探"式的发现者与恩师。

1923年，金子美铃中学毕业，之后去了下关

---

*北原白秋（1885—1942），日本诗人、歌者。主张唯美主义，后转向赞美自然，创立"多磨短歌会"，诗作大都表现清静的意境，也致力于童谣与民歌创作。有诗集《邪宗门》《回忆》和歌集《桐花》等。

姨父家的上山文英堂书店工作。无意中读到的西条八十的童谣令她念念不忘，自此萌生了"我也来写"的念头。9月，金子美铃在《童话》《妇人俱乐部》《妇人画报》《金星》四杂志同时发表诗作，引起诗坛震动。除《金星》外的另三个杂志，选稿编辑都是西条八十。

当时已是成名诗人的西条八十，不吝将刚满二十岁的新人金子美铃称作"天才诗人""年轻童谣诗人中的巨星"，这给贫病交加、处于婚姻困境中的金子美铃以莫大的鼓励。两人的作品亦有神似之处。不妨读一下金子美铃的《鸡》和西条八十的《村里的英雄》，都是对弱小生命投以温暖目光，而这背后，是同样敏锐、同样善于感受"寂寞"与"美"的两颗心。

上了年纪的 一只鸡
站在荒地里

站在地里 在想着
离开了的雏们 怎么样了呢

草长得茂盛的 旱地里
葱花的小秃头三四支

脏脏的白鸡
站在荒地里

(金子美玲《鸡》)

村里的大黑牛

在春天的傍晚死去了

在长年住的牛舍

在睡觉的稻草上死去了

是为寡妇主人

一生尽忠

从早到晚拉着重物的

任劳任怨的牛

庙里没有敲钟

可是散着花

村里的 敦厚的英雄

在春天的傍晚死去了

（西条八十《村里的英雄》）

  诗人间的友谊，更多来源于骨子深处的惺惺相惜。那是对"活着"的感同身受，是生命的温暖底色。1930年3月9日，金子美铃自杀身亡。在此之前，她誊清了自己的两部三册手抄本童谣，遗书上写："一部给敬爱的西条八十，一部给弟弟。"而西条八十也曾评价金子美铃的诗作："为丰满的温情所笼罩，这种感觉，与英国女诗人罗塞蒂*类似……"

  40年后的1970年8月12日，西条八十因心

---

*罗塞蒂（1830—1894），英国女诗人。作品有《妖精市场》、《王子的历程》等。

力衰竭去世,享年七十八岁。

最后还想说件题外的小事。上小学的一天,我突然在邻家姐姐那发现了一本"野书"——书已被翻得稀烂,险些要掉下来的黄色封面上画着一顶草帽。书是人家的,我见缝插针读完了它,至今,那种环环相扣的紧张感,稍一回味还在心口吊着。它是我今生读到的第一本小说《人性的证明》。而其时,根据小说改编的电影《人证》早已在国内上映,八十年代的广播中常常有人在深情百转地唱那《草帽歌》:"Mama, do you remember, the old straw hat you gave to me……"(妈妈,你还记得吗,你给我的旧草帽……)

这首歌的词作者,正是西条八十。

美空
(写于2020年冬)

图书在版编目（CIP）数据

寂寞呀：西条八十童谣全集／（日）西条八十著；美空译；小满绘 .—北京：北京联合出版公司，2021.5
ISBN 978-7-5596-4953-9

Ⅰ.①寂… Ⅱ.①西… ②美… ③小… Ⅲ.①儿歌—作品集—日本—现代 Ⅳ.①I313.82

中国版本图书馆CIP数据核字（2021）第011645号

根据新潮社大正十三年（1924）首版，ほるぷ出版（HOLP出版社）昭和四十九年（1974）复刻版翻译

寂寞呀：西条八十童谣全集

作　　者：［日］西条八十
译　　者：美　空
插　　画：小　满
出品人：赵红仕
责任编辑：管　文
选题策划：乐府文化
特约编辑：余　璇
特约校译：叶晓瑶
装帧设计：木

北京联合出版公司出版
（北京市西城区德外大街83号楼9层 100088）
北京联合天畅文化传播公司发行
北京美图印务有限公司印刷　新华书店经销
字数60千　1092mm×840mm　1/32　10印张
2021年5月第1版　2021年5月第1次印刷
ISBN 978-7-5596-4953-9
定价：58.00元

版权所有，侵权必究
未经许可，不得以任何方式复制或抄袭本书部分或全部内容
本书若有质量问题，请与本公司图书销售中心联系调换。电话：(010) 64258472-800